쾌락의 이해

쾌락의 이해

발 행 ｜ 2017년 11월 27일

지은이 ｜ 박기옥
펴낸이 ｜ 신중현
펴낸곳 ｜ 도서출판 학이사
　　　　　출판등록 : 제25100-2005-28호
　　　　　주소 : 대구광역시 달서구 문화회관11안길 22-1(장동)
　　　　　전화 : (053) 554~3431, 3432
　　　　　팩스 : (053) 554~3433
　　　　　홈페이지 : http : // www.학이사.kr
　　　　　이메일 : hes3431@naver.com

ⓒ 2017, 박기옥

ISBN _ 979-11-5854-108-8   03810

이 도서의 국립중앙도서관 출판예정도서목록(CIP)은 e-CIP 홈페이지
(http://seoji.nl.go.kr)와 (http://www.nl.go.kr/kolisnet)에서 이용하실 수 있
습니다.(CIP제어번호: CIP2017031086)

쾌락의 이해

小珍 박기옥 수필집

學而思 | 학이사

책을 내며

수필이라는 늪 하나를 가슴에 품은 지 10여 년이 되었다. 글쓰기는 내게 있어 가슴 속 깊은 곳에 작은 '늪' 하나를 가꾸는 일이다. 담론적인 늪의 의미는 '땅이 우묵하게 파지고 늘 물이 괴인 곳'이다. '고여 있음'이다.

그러나 또 다른 늪의 해석은 '더러운 물질을 깨끗하게 걸러주고 좋은 환경을 만들어 주는 곳'이다. '움직임'이다. 늪은 이끼 속에 숨어 사는 작은 벌레뿐 아니라 우리의 기억 속에서 사라진 원시 생물까지도 기꺼이 품어 살려 놓는다. 생명의 부활이다.

『쾌락의 이해』는 『아무도 모른다』, 『커피 칸타타』에 이어 나의 세 번째 수필집이다.

출판사에 원고를 넘기고 나니 뜬금없이 어느 천문학자의 말이 생각난다.

"별은 멀리서 볼 때만 아름답다.

연구하기 시작하면 아름다움은 사라진다"

나의 경우 수필은 연구할수록 아름답다. 끝없이 나를 설레게 하고, 몰입하게 하고, 긴장시킨다. 운명처럼 좋은 소재를 만나 잠 설쳐가며 가까스로 수필 한 편 쓰고 나면 자신이 더욱 새로워지고, 너그러워지고, 부드러워짐을 느낀다. 마음과 달리 글이 늘 조잡함에 머묾은 나의 공부가 부족한 탓일 것이다.

어느 분야든 프로가 된다는 것은 팔을 뻗어 더 높은 곳을 향하여 깨금발을 하는 작업일 터이다. 힘들지 않고 아프지 않고 고통스럽지 않고서야 어떻게 독자에게 감동을 줄까. 나는 이 순간에도 묵은 때를 벗고 깃털처럼 가벼워지기 위해 내 안의 거품을 쉼 없이 걷어내고 있는 중이다.

출판을 응원한 이웃들과 문우들, 가족이 있어 감사하다.

2017. 겨울
小珍 박기옥

차례

사랑 예감

샤갈과 히틀러

내 앞에 놓인 잔

쾌락의 이해

시간의 재
여여김 2016

1. 사랑 예감

썸 ┃ 꽃과 책 ┃ 넬라
판타지아 ┃ 수선화
┃ 모롱이 ┃ 아름다
운 것은 위험하다 ┃
청산도에서 ┃ 삶은
디테일이다 ┃ 능 ┃
아웃 포커싱 ┃ 가우
도 ┃ 비진의 의사표
시 ┃ 그곳이 궁금하
다 ┃ 사랑 예감

썸

썸은 영어의 썸딩something에서 나온 말이다. 남녀 간의 묘한 기류를 일컫는 말로 연인으로 이르기 전 '내 것인 듯, 내 것 아닌, 내 것 같은 너'를 두고 '썸을 탄다'고 한다. 어느 시인이 말한, "내가 그의 이름을 불러주기 전에는 그는 다만 하나의 몸짓에 지나지 않았다. 내가 그의 이름을 불러 주었을 때 그는 나에게로 와서 꽃이 되었다."는 것과 같은 맥락이다.

썸은 누구의 입에서 태어났을까. 우리는 언제 썸을 타서 누군가에게 꽃이 될까.

남해의 아침 바다는 얌전했다. 지난 밤 문학행사 후의 뒤풀이로 따끈한 커피 한 잔이 간절한 아침이었다. 주최 측이 준비한

믹스 커피는 있었으나 물을 끓일 주전자가 없었다. 남녀 회원들이 머리를 짜도 방법이 없어 서로의 얼굴만 쳐다보고 있었다.

샤워를 마친 J가 긴 머리를 털며 오더니 밥솥에 물을 붓고 전원을 넣었다. 놀라운 발상이었다. 순식간에 김이 오르며 물이 끓기 시작했다. 밥공기에 커피가루를 담고 국자로 물을 뜨니 훌륭한 커피가 완성되었다.

상남자 K가 숭늉을 마시듯 단숨에 들이키더니 한 잔을 더 청했다. 지난 밤 토론회에서 J에게 언성을 높였던 일도 잊은 모양이었다. 남자끼리였다면 주먹이라도 날아갈 듯 험악한 분위기가 아니었던가. J 역시 건망증이 있는 모양이었다. 천상 여자의 얼굴로 조신하게 커피를 다시 따르니 K가 보기 좋게 그것을 마셨다.

남해의 아침은 동해와 달랐다. 꿈을 꾸듯 안으로 비밀을 삼키며 끝없이 망망대해로 펼쳐져 있었다. 여명이 수평선을 물들여가는 것으로 보아 해가 곧 뜰 모양이었다.

우리는 일제히 산책을 위해 자리에서 일어났다. 떠오르는 해를 보며 바닷가를 한참이나 거닐다 보니 J와 K가 보이지 않았다. 테라스에 남아 따로 해맞이를 하고 있는 모양이었다. 두 사람이 어젯밤의 미진한 토론을 다시 시작했는지 서로의 꽃이 되기 위해 썸을 타는 중인지는 확인되지 않았다.

꽃과 책

지난 주 친구의 시상식에 갔었다. 그런데 아차, 준비해간 나의 꽃다발은 적절치가 못했다. 신부 부케처럼 예쁘고 앙증맞아야 할 꽃다발이 크기만 하고 산만한 것이 촌스럽기 짝이 없었다. 동네 화원에서 만든 거라 유행을 따르지 못한 탓이었다.

수상자 단체사진을 찍을 차례가 되었다. 키가 작은 내 친구는 앞줄에 앉아서 빗자루 같은 꽃다발이 다른 사람에게 폐가 될까 봐 낑낑대고 있었다. 왼쪽으로 기울이면 오른쪽 사람을 건드리고, 반대쪽으로 눕히면 또 다른 사람을 찌를 위험이 있었다. 하는 수 없이 가랑이를 약간 벌려 다리를 의지하여 꽃을 세우니 여자로써 매우 조신하지 못한 자세가 나왔다. 누군가가 나서더니 세련되고 깔끔한 노랑색 장미다발을 빌려 주었다. 이제 나의 꽃다발은 의붓자식처럼 멍청하게 구석에 세워져 아무도 거들떠보지 않게 되었다.

집으로 가는 서울역 광장. 나의 꽃다발은 더욱 남루한 모습이 되어 의자 한 귀퉁이에 놓여 있었다. 천덕꾸러기처럼 이 손 저 손 옮겨 다니느라 꽃과 잎은 반 이상 떨어져 나가고 조금 남은 것마저 자신의 처지가 부끄러운 듯 목을 비스듬히 꼬고 있었다. 행사장에서 제 역할을 못한데 대한 수치심일 것이었다.

청소하는 아주머니가 바닥을 닦다 말고 의자 위의 꽃다발을 힐끗 쳐다보았다. 두어야할 건지 치워야할 건지 가늠해 보는 눈치였다. 순간 나는 아침에 본 이삿짐 더미를 떠올렸다. 트럭이 출발하기 전 책 꾸러미들이 아파트 쓰레기장에 버려지기 시작했다. 봉투도 뜯지 않은 새 책들도 많았다. 만일 아주머니 혼자 있다면 꽃 또한 여지없이 쓰레기통에 들어가지 않았을까. 미처 축하도 못 했는데.

출발시간이 되어 나는 서둘러 기차에 올랐다. 자리에 앉고 보니 문제의 꽃다발이 가방 한 귀퉁이에 매달려 따라 온 것이 보였다. 오늘 하루 고단한 시간을 보낸 그것은 이제 작고 초라한 나의 서재에 몸을 뉘일 모양이었다. 보아하니 주인 역시 자신과 비슷한 처지인 듯하여.

넬라 판타지아

딸아이가 집으로 남자친구를 데리고 왔을 때 내가 주목한 것은 청년의 키나 얼굴이 아니었다. 수염이었다. 그는 코밑에 수염을 기르고 있었는데 박혁거세의 후손인 나에게는 도무지 이해가 되지 않았다. 명색이 고등학교 수학선생이라는 자가 웬 수염을?

결혼식이 다가오자 신랑의 수염이 친구들 사이에 핫 이슈가 될 걸 생각하니 마음이 또 불편해졌다. 나는 그를 타박하기 시작했다.

"도대체 수염은 왜 기르는 거야? 자네가 뭐 정중부인가? 히틀러인가?"

"엄마!"

드디어 딸이 나섰다.

"엄마 그거 잘못된 고정관념 아니예요? 이이가 나라를 팔아먹었어요? 도둑질을 했어요? 수염 좀 기르겠다는데 웬 난리예요?"

결혼식 날. 우려했던 일이 현실로 나타났다. 하객들은 일제히 신랑의 콧수염을 주목했다. 직업이 뭐래? 연예인인가? 어린아이가 가장 정직했다. 아이는 손가락으로 신랑을 가리키며 큰 소리로 외쳤다.

"엄마, 신랑 아저씨 수염 있어!"

신랑 친구가 화답이라도 하듯 축가를 부르기 시작했다. 넬라 판타지아(나의 환상 속에서)이다.

나는 환상 속에서 / 편견 없는 밝은 세상을 봅니다.

영혼 깊이 인간애가 가득한 그 곳.

나는 환상 속에서 / 자유로운 영혼을 꿈꿉니다.

저 깊은 곳까지 박애로 충만한 영혼을.

축가는 아름다운 테너에 실려 예식장 가득 울려 퍼졌다. 장내가 일순 조용해졌다. 신랑의 수염이 그의 자존심이었든 자유로운 영혼이었든 노래는 하객들의 염려에 대한 답가처럼 느껴졌다. 사랑이니 감사로 일관된 축가와 차별화된 선택도 신혼부부의 진심일 터였다. 나 역시 잠시 축가의 저의를 의심했으나 편견 없는 밝은 세상을 꿈꾸는 신혼부부를 축하하기로 했다.

수선화

이른 봄 제주에는 유채꽃이 만발하지만 수선화도 한몫한다. 수선水仙이라는 말은 성장에 많은 물이 필요하여 붙여진 이름인데 물에 사는 신선이라는 의미도 내포하고 있다. 꽃은 아름답고 향기가 그윽하며 꽃말은 '자존' 이다. 속명인 나르키수스는 그리스 신화에 나오는 나르키소스라는 아름다운 청년이 샘물에 비친 자신의 모습에 반하여 물속에 빠져 죽은 그 자리에 핀 꽃이라는 전설에서 유래된 것이라고 한다.

수선화는 외로운 꽃이다. 난초 잎 같이 생겨 보기에는 고고하나 열매를 맺지 못하여 알뿌리로 번식한다. 정호승 시인은 이에 착안하여 '그대 울지마라. 외로우니까 사람' 이라고 하면서 '가

끔씩 하느님도 외로워서 눈물을 흘리시고, 산 그림자도 외로움에 겨워 한 번씩은 마을로 향한다.' 고 달랜다.

수선화는 슬픈 꽃이다. 제주의 수선화가 특히 그러하다. 제주 추사秋史관에는 추사가 '몽당붓으로 아무렇게나 그렸다.' 는 수선화가 걸려 있는데, 어딘지 모르게 안타까운 분위기가 서려 있다.

추사는 아버지를 따라 연경에 가서 처음 수선화를 보고 신선한 감동을 받았다. 그런데 추사가 유배의 형벌을 받고 제주도에 와 보니 지천으로 널려 있는 것이 수선화가 아닌가. 또한 농부들은 보리밭에 나 있는 아름다운 꽃을 원수 보듯 파버리며 소와 말의 먹이로 삼고 있었다. 이를 본 추사는 하나의 사물이 합당한 제 자리를 얻지 못하면 이런 딱한 일을 당하고 만다면서 애통해했다고 한다. 귀양 온 자신의 처지를 버림받은 수선화에 비유했던 것이다.

나르키소스도 추사도 아닌 내가 장터에서 수선화 한 포기를 샀다. 물을 주어 아파트 베란다에 내어 놓으니 꽃이 참 곱다. 무릇 사물은 놓인 장소와 임자에 따라 쓰임과 의미가 달라지는 게 아니겠는가. 아침저녁 들여다보며 눈 맞춤을 하다 보니 나의 봄이 성큼 다가온 것 같다.

모퉁이

우수 경칩이 지나니 겨우내 잠든 몸이 근질거리기 시작한다. 아침저녁 아직 바람이 차고 봄은 먼듯하지만 새벽 산책을 나선다. 하늘은 멀고 공원은 희뿌옇다. 나무도 풀도 호수도 조용하다.

새벽을 가르며 천천히 공원을 거닌다. 모퉁이를 지난다. 나는 이 모퉁이를 좋아한다. 여기서부터는 보행자의 길이다. 차도 자전거도 운행이 금지되어 있다. 오로지 사람만이 다니는 길이다. 긴장하지 않아도 되고 조심하지 않아도 되고 두 팔을 마음껏 흔들며 활보할 수 있다.

또 있다. 모퉁이에는 설익은 나의 젊은 날이 있다. 대학 시절 강의실 밖은 야산이었다. 강의 도중 창밖으로 눈을 돌리면 멀리

산모롱이가 보였다. 구불구불 S자로 된 제법 긴 모롱이였다. 봄바람 불고 아지랑이가 피어오르면 나의 가슴은 모롱이를 향해 설레었다. 모롱이 너머에는 무엇이 있을까. 누가 있을까.

비 온 뒤 산모롱이에서 무지개라도 뜨면 증상은 심화되었다. 나는 그 모롱이에서 눈을 떼지 못했다. 삶의 모든 아름다움과 선, 빛나는 가치가 모롱이 뒤에 숨겨져 있을 것만 같았다. 백마 탄 기사가 손을 흔들며 나올 것도 같았다. 모롱이는 나에게 꿈, 사랑, 환상이었던 것이다.

세월이 흘러 그때 그 산 자락에 아파트가 들어서면서 나는 어른이 되었다. 그동안 나는 많은 모롱이에 머물거나 지나쳤다. 그때마다 나는 어리석게도 무지개를 품었던 것이 사실이다. 그러나 거기에는 아무도, 아무것도 없었다. 모롱이는 처음부터 아무것도 가지고 있지 않았던 것이었다. 심지어는 비밀조차도 품고 있지 않았다. 그것은 단지 낯선 장소에 불과했다. 모롱이는 '다른 여기' 일 뿐이었다.

날이 밝아오면서 공원이 붐비기 시작했다. 나는 팔을 힘차게 흔들며 공원을 한 바퀴 돌았다. 남쪽에서는 매화 소식도 있던데 언제쯤 꽃이 피려나?

모롱이 쪽에서 수상한 향기가 바람에 실려 왔다. 매화였다! 바로 거기, 한 뼘의 양지에서 웅크리고 있던 매화나무가 온 힘을 다 해 팝콘처럼 꽃을 피워 올리고 있었다. 공원 내에서 가장 먼저 핀 꽃이었다. 나는 벅찬 감동으로 그 자리에 한참을 머물렀다. 내 안에 잠든 철없는 무지개가 또다시 기지개를 켜는 것을 느끼며 천천히 걸음을 떼어 놓았다.

아름다운 것은 위험하다

올 봄에는 꽃을 충분히 즐기지 못했다. 매화, 개나리는 어물쩍하다가 놓쳤고 벚꽃, 목련은 피기 시작했을 때 비가 왔다. 복사꽃, 진달래는 작정을 하고 군락을 찾았건만 이미 반 이상 지고 난 후였다. 아쉬웠다. 그러나 그 누가 비를 막고, 꽃을 붙잡을 수 있단 말인가. 그것들은 모두 제 마음대로 피고 지는 것이었다.

어린 시절 내가 자란 외갓집은 백여 가구 남짓 사는 조용한 마을이었다. 집 뒤로는 병풍처럼 대나무 숲이 우거졌고, 야트막한 마을 산 밑에는 커다란 못이 있었다.

어느 날 온 마을 사람들이 못의 물을 퍼내기 시작했다. 예안댁 큰 딸이 죽으려고 못에다 몸을 던졌기 때문이었다. 육촌 오빠와 사랑에 빠진 것이 화근이었다. 동네에서 수군거리며 소문이 일어나자 남자는 새벽에 마을을 떠났고, 여자는 죽음을 선택했다.

못이 바닥을 드러내자 예상대로 시체가 나왔다. 몸 전체가 퉁퉁 불어 얼굴조차 알아보기 힘들었으나 마을 사람들은 예안댁 큰 딸임을 확인했다. 충격을 받은 예안댁은 바로 실신을 하고 마을 사람들은 외면하며 눈물을 훔치는데, 못 둑에서는 무심하게 벚꽃이 만발했다. 응급차가 바람을 일으키며 급하게 도착하자 흐드러지게 핀 벚꽃이 놀라 물 위로 흩어졌다. 나는 순간 하늘에서 눈이 오는 가 했다. 꽃잎이 눈처럼 바람에 날리고 있었던 것이다.

어른이 되어 대책 없는 슬픔이나 허무를 받아들이기 시작했을 때 나는 종종 그때의 장면을 떠올리곤 했다. 산다는 것은 어쩌면 견디는 일일지도 모른다. 슬픔을 견디고, 아픔을 견디고, 그리움을 견디는 일이다. 마을을 떠난 그 청년은 어떻게 되었을까. 그는 알고 있을까. 꽃 피고 산들바람이 불어도 멀쩡한 청춘은 죽음을 선택하고, 꽃 지고 바람이 멎을 때에도 살아있는 사람은 꾸역꾸역 살아가기 마련인 것을. 세상 모든 아름다운 것들은 이토록 위험한 것을.

청산도에서

여행에도 운이 작용하는 모양이다. 나는 청산도행을 두 번이나 실패했다. 날씨 때문에 완도항에서 배가 뜨지 못했기 때문이었다. 새벽 일찍 출발해서 무려 4시간을 달려갔던 곳이었다. 일행은 여객 터미널 주변을 뭉그적거리다가 돌아왔다.

이번에는 운 좋게도 무사히 배가 떴다. 40여 분의 항해 끝에 청산도에 도착했다. 그런데 어찌할까. 어처구니없게도 배에서 내리자마자 나는 돌부리에 걸려 넘어지고 말았다. 얼마나 모질게 다쳤던지 무릎이 순식간에 풍선처럼 부어올랐다. 인대 파열이었다. 졸지에 섬에서 깁스를 한 신세가 되고 말았다.

섬은 언제나 바람에 머물러 있었다. 뭍의 날씨가 여름을 재촉

할 때도 섬은 아직 꽃샘바람을 벗어나지 못했다. 파도는 바위를 끌어안은 채 아이처럼 보채는데 무심한 유채꽃은 바람에 따라 몸을 깊게 눕혔다 일으키고 있었다.

"서편제길입니다. 버스는 한 시간 후 출발합니다."

안내에 따라 순환버스가 서자 동행했던 친구가 나를 부축해 버스에서 내려 놓았다. 코스에 따라 15분 혹은 30분씩 자유 시간을 주는 모양인데 서편제 길은 유독 인기가 있어 1시간이라고 했다. 내리고 보니 바로 뒤에 대학생으로 보이는 젊은이가 팔에 깁스를 하고 있었다. 부축하는 아가씨는 여자 친구일까. 우리는 서로 상대방의 깁스에 눈을 주며 미소를 주고 받았다. 동병상련이었다.

하늘이 맑았다. 팔 깁스 청년이 일행을 따라 서편제 길을 도는 동안 나는 혼자 널찍한 바위를 골라 앉았다. 슬로시티의 매력은 걷기인데 나의 다리는 걸을 수 없게 단단히 묶여 있었다.

멀리 바다를 낀 작은 섬들이 고즈넉이 엎드려 있었다. 청산도는 지방자치제 이후 관광수입으로 지금은 웬만큼 살게 되었지만 한때는 찢어지게 가난한 섬이었다. 갯벌에서 바지락을 캐고 자갈 투성이의 다랑이 밭을 일구며 끼니를 때웠다. 속 모르면 청산도에 딸 시집보내지 말라는 얘기도 있었다. 섬에서 난 딸은 시집

가기 전 보리 서 말만 먹고 가도 부자라고 했다.

육지에서 멀리 떨어진 이 가난한 섬이 관광 명소가 된 것은 영화 〈서편제〉의 영향이 크다 할 것이다. 잘 다듬어 놓은 산자락길이 그러하고 돌담집과 맥보리, 유채꽃들이 그러하다. 산을 돌아 구름을 맞는 황톳길이 특히 아름답다. 서편제에서 유봉 일가가 진도아리랑을 부르며 내려왔던 길이다. 관광객에게는 인상 깊은 영화의 한 장면이겠으나 주인공 송화에게는 득음을 위해 피를 쏟으며 소리공부를 하던 곳이다.

소리가 대체 무엇이던가. 비우고 채우느라 피 토한 목이 수 없이 잠겼다 풀렸다 하는 중에 비로소 얻어지는 것이 아니던가. 진정한 소리꾼 유봉은 피 토하는 딸의 소리에 한이 부족하다 하여 약을 먹여 눈을 멀게 했다. 한은 또 무엇이던가. 욕망과 결핍이 마음속 깊이 똬리를 틀어 곪고 삭고 발효되는 것이 아니던가. 가슴속 응어리진 한을 넘어야 소리에 한을 실을 수 있다고 그는 눈먼 딸을 몰아세웠다.

이상한 일이었다. 만일 내가 멀쩡한 다리로 저 길을 걸었다면 한가롭게 오월의 바다와 산을 즐기는데 그치지 않았을까. 그런데 본의 아니게 장애를 입어 일행에서 떨어져 나오고 보니 서편제 내내 나의 귀와 눈을 사로잡았던 영화 속의 장면들이 바다 한

복판에 달이 뜨듯 선명하게 나타나는 것이었다. 그 중에서도 송화가 내지르는 한 맺힌 가락은 심장을 후벼파는 듯 전율을 일으켰다. 세상 천지에 오직 한 점, 눈 먼 송화가 높고 험한 골짜기를 향해 쏟아내는 피 맺힌 소리였다. 소리는 마침내 감성의 오지까지 비집고 들어와 눈물샘을 자극했다. 나는 어느덧 그녀의 소리에 이끌려 가슴 깊이 묻어둔 한과 슬픔에 몸부림치는 심청이가 되고, 그리움에 사무치는 춘향이가 되었다. 청산도는 한과 소리의 섬인가.

"지루하셨죠? 다리는 좀 어떠세요?"
시간이 꽤 흐른 모양이다. 먼 산에 해가 뉘엿뉘엿 걸려 있다. 팔 깁스를 한 젊은이가 일행을 뒤로 하고 서편제 길을 먼저 내려왔다. 깁스를 한 팔이 아무래도 편하지 않았던 모양이다. 우리 몸은 유기체라 비록 다리는 멀쩡하다 해도 불편한 팔이 걸음에 지장을 주었을 것이다.
"청산도는 바다도 산도 푸르다는 뜻이라네요."
권하지도 않았는데 젊은이가 나의 옆에 와 앉는다. 옳은 말이다. 청산도는 서편제 이후 아시아 최초의 슬로시티로 지정되었다. 슬로는 단순히 느림의 의미를 넘어서 환경, 자연, 시간, 계절과 나 자신을 귀히 여겨 느긋하게 산다는 뜻이다. 이 또한 판소리의 가락에 닿아 있음이 아닌가. 눈을 잃은 송화가 소리로 인해 평화로운 것은 그 모든 결핍을 넘어선 덕분이리라. 나와 젊은이의 장애가 오히려 송화를 온전히 느낄 수 있는 기회가 된 것처럼.

인기척이 나며 산모퉁이에서 일행의 모습이 보이기 시작한다. 젊은이와 나의 시선이 약속이라도 한 듯 산자락에 꽂힌다. 유봉과 송화가 덩실덩실 춤까지 추어가며 한가롭게 내려왔던 길이다. 한을 위해 몸의 결핍을 안겨 준 아비를 송화는 어떻게 받아들였을까. 어미 없이 눈까지 먼 딸을 거두는 아비는 그 아픔을 어떻게 견뎌냈을까.

해를 보듬은 산자락이 붉어지기 시작한다. 우리를 싣고 갈 버스도 어느새 도착해 있다.

삶은 디테일이다

대학원 행정실에 근무했을 때의 일이다. 당시 나는 석, 박사 논문 업무를 담당하고 있었는데, 그 일은 나의 적성에도 맞았을 뿐 아니라 재미도 있어서 오랜 직장생활 중 인상 깊은 추억들이 가장 많았던 시기이기도 했다.

업무의 피크는 박사과정의 최종 심사였다. 논문 계획에서부터 수차례의 발표를 거쳐 최종심사기간이 임박해 오면 심사대상자뿐 아니라 지도교수는 물론이고 학과에서까지 초긴장 상태로 돌입했다. 공정한 심사를 위해 심사위원 5명 중 3명은 반드시 외부교수로 구성되어야 했고, 비밀 유지를 위해 심사도 행정실 옆 대학원장실에서 시행했다. 학과별로 촘촘하게 일정표를 짜서 심사를 진행하고 있는데 외부교수 대기실에서 '기옥아' 하며 아는 척을 하는 사람이 있었다. 초등학교 동창생 L이었다. 무려 40여 년 만이었다.

　최종 심사가 끝나고 우리는 모처럼 차 한 잔을 마주하고 앉았다. 자세히 보니 L은 거의 예전 모습 그대로였다. 양친 모두 교육자 집안의 외동딸이었는데, 공부도 잘 했고 모범생이었다. 과외가 흔치 않았던 시절이었음에도 초등학생 때부터 개인 과외를 받더니 대학 졸업 후는 유학을 가서 박사학위를 취득하고 온 모양이었다. 귀국해서는 바로 조교수로 임명되었다고 했다. 독신이라서인지 쉰이 넘은 나이에도 피부가 맑고 군살 하나 없이 몸도 날씬했다.

　나는 어떤가. 조선시대도 아닌 21세기에 졸업과 동시에 결혼을 해서 아이를 넷이나 낳은 아줌마였다. 늦은 나이까지 직장생활을 하느라 시간 부족, 잠 부족, 돈 부족에 시달려 부석부석한 얼굴에 펑퍼짐한 몸으로 앉아있었다. 참으로 재미있는 조합이었다. 문화인과 미개인의 조우라고나 할까. 그래도 반가웠다. 초등 시절, 나의 바로 뒷자리에 앉았던 친구가 아니던가.

　이런저런 이야기 끝에 L이 문득,

　"그런데 얘, 초등학생 때 너 좀 밥맛이었다!"

　"밥맛? 내가 왜?"

'밥맛'이었다는 말은 '재수 없었다'는 말로써 나는 좀 어리둥절했다. L이 말을 이었다. 시험을 치르고 나면 성적이 비슷한 또래들끼리 몇 개나 틀렸냐고 묻기 마련이었는데 계집애들이라 좀체 안 가르쳐주거나 서로 먼저 말하라고 꽁무니를 빼기 십상이었다. 그런데 나는 아니었다고 했다. 못 견디게 궁금해서 손가락으로 등을 콕 찔러 몇 개 틀렸느냐고 물으면 망설임 없이 뒤를 돌아보며 "두 개"라고 대답했다는 것이었다. 밥맛이었던 것은 그 다음이었다. "너는 몇 개?"냐고 되묻지 않더라고 했다. 저보다 이쁜 것도 아니고 부잣집 딸도 아니며 공부를 더 잘 하는 것도 아니면서 먼저 말하라고 새침 떨지도 않고 너는 몇 개 틀렸느냐고 되묻지도 않은 것이 L의 자존심을 건드렸던 모양이었다. 듣고 있던 나는 쿡, 터져 나오는 웃음 때문에 커피를 옷에다 쏟을 뻔 했다.

"그러니까 너는 지금 대학교수가 되어 있고, 나는 느네들의 심부름꾼이 되어 있는 것 아니겠니?"

나의 대답이었다.

한 인간을 구성하는 요인으로는 국가나 종교, 법률 같은 큰 요인과 가족, 친구, 교육 같은 작은 요인들이 존재한다고 한다. 나는 그 중에서도 후자를 주목한다. 우리 삶은 한 세기에 한 번 일어날까 말까하는 불가항력적인 사건보다는 아침부터 저녁까지 눈앞에서 일어나는 지극히 사소하고 하찮은 일들로 이루어져 있다.

나의 동생은 딸이 초등학교에 다닐 때까지 한여름에도 신생아 때 쓰던 작은 담요를 끼고 자는 문제로 속을 끓였다. 담요가 없으면 잠을 이루지 못하기 때문이었다. 어렸을 때 아버지를 잃은 직장 동료는 힘든 일에 봉착할 때마다 위안이 된 것은 가족도 친구도 아닌 아버지가 남긴 시계였다고 했다. 아버지의 체취가 묻은 시계를 가만히 들여다보고 있으면 어느덧 아버지와 함께 있는 듯하여 위로를 받는다고 했다. 문학작품에서도 푸루스트의 '마들렌 과자'나 캐츠비의 '초록색 불빛'이 의식의 흐름을 이끌어가고 있는 것을 보면 인간은 뜻밖에도 사소한 것에 영향을 받는지도 모를 일이다.

어쩌면 L을 구성하고 있는 핵심 요인들은 부모님과 공부가 아니었을까. 나와는 앞, 뒤로 앉아서 제법 친했었는데도 오랜 세월이 흐른 지금 기억에 떠오르는 것이 도시락 반찬이나 고무줄 놀이가 아닌 성적이었으니 말이다. 반대로 나는 아무리 머리를 쥐어짜도 기억조차 안 나는 일이었다. 친구가 물었으니 대답했을 것이고, 되묻지 않은 것은 그다지 궁금하지 않았거나 다른 일에 한눈을 팔고 있었기 때문이었을 것이다. 그 시절 나는 L과 달리

산만하고 어정쩡한 아이였으니까.

생각해 보면 L은 내가 부러워했던 친구였다. 많은 형제들 속에서 내 것 네 것 구분도 없이 어수선하게 살았던 나에 비해 어렸을 때부터 자기만의 깨끗한 방을 가진 것만으로도 나와는 게임이 안 되는 대상이었다. 어느 일요일, L의 집에서 함께 숙제를 하다가 점심시간이 되었다.

"우리 짜장면이나 먹으러 갈까?"

L은 책상 서랍에서 지갑을 꺼내더니 나를 데리고 나가 짜장면을 사 주었다. 그것은 나에게 충격이었다. 아홉 살짜리 아이가 자기 지갑과 용돈을 갖다니! 당시 나는 용돈이라는 걸 한 번도 받아본 일이 없었을 뿐 아니라 지갑이라는 것도 당연히 가져본 적이 없었다. 짜장면은 맛이 있었다. 여태까지 먹어 본 그 어떤 짜장면보다 맛이 있었다. L은 손수건으로 입가를 꼭꼭 눌러가며 먹었고, 나는 대충 손등으로 입을 훔쳐가며 먹었다.

또 있다. 초등 1학년인가 2학년 여름, 학교에서 신체검사가 있던 날이었다. 인근 보건소에서 간호사들이 나와 학생들의 키, 몸무게, 가슴둘레 등을 재는 일이었다. 개구쟁이 우리들은 모두 겉옷을 벗고 킥킥거리며 일렬로 서 있었다. 뒤에서 술렁거리는 느낌이 있어 돌아보았더니 천사처럼 하얀 레이스 달린 속옷을 입은 L이 서 있는 게 아닌가. 얼마나 예뻤던지 벌어진 입이 닫아지지 않았다.

나이 들면서 모아지는 생각은 우리 삶이 거창한 그 무엇에 휘둘리기 보다는 지극히 사소한, 디테일에 있는 게 아닌가 하는 것이다. 결혼도 안 하고 공부로만 매진해온 L이 생업에만 종사해온 나에게서 조차 기억하는 것이 시험성적인데 반해 지금껏 L에 대해 내가 기억하는 것은 고작 짜장면이나 지갑, 레이스 달린 속옷으로 축약되는 것이 우연이기만 할까. 두 사람의 어긋난, 정직한 기억이야말로 우연이라는 팻말을 건 각자의 좌표가 아니었을까.

운명이란 것도 따지고 보면 본인의 성향과 무관하지 않을 것이다. 나의 가장 깊은 곳에 있는 역동적인 그 무엇이 구름 위의 그 어떤 미지의 공간과 나눈 은밀한 교신을 우리는 혹, 운명이라고 부르고 있지나 않은지. 어린 시절의 사소한 관심과 자질구레한 선택들이 훗날 개인의 삶을 결정하는 요인이 되는 것도 나에게 배당된 소중한 기회들이 꼬리를 감출 무렵에야 깨닫게 되니 이 무슨 신의 조화인지 모를 일이다.

능

전문직 여성클럽 전국대회 개최를 위해 경주를 찾은 것은 5월 중순 무렵이었다. 선덕여왕릉으로 사전답사를 떠난 것이었다.

전국대회 유치과정에서 경주는 막판까지 제주와 치열한 경쟁을 벌였다. 그 과정에서 지역 선호도가 높은 제주를 제치고 경주가 채택된 데는 선덕여왕이라는 브랜드의 힘이 컸다. 선덕여왕이 누구인가. 신라 최초의 여왕으로 전문직 여성들에게는 롤모델이 아니던가.

선덕여왕릉은 경주시 동남쪽에 있는 낭산狼山 중턱에 자리 잡고 있다. 낭산은 산의 모양이 이리가 웅크린 모습과 같다고 하여 붙여진 이름이다.

사천왕사 터를 가로지르는 철길을 건너 나지막한 낭산에 오르면 울창한 소나무 숲이 보인다. 구불구불한 소나무들은 호위병처럼 능을 향해 사열해 있고 숲 주변에는 절이 있었던 듯 각종 석재들이 방치돼 있다. 능은 둘레가 70m 정도인 평이한 원형 봉토분인데 특징이라야 자연석을 이용해 봉분 아래에 2단 보호석을 쌓은 정도이다.

"인사 올립시다."

해설사의 안내에 따라 두 손을 가지런히 앞으로 모우고 일제히 4배를 올린다. 배拜, 흥興, 배, 흥, 배, 흥, 배, 흥.

다음은 능 돌기이다. 내가 개인적으로 가장 좋아하는 프로그램이다. 탑이나 능을 맨발로 천천히 도노라면 무엇보다 시공간의 경계가 없어진다. 특히 오늘처럼 능과 우리 사이에 놓인 1400년이라는 시간을 좁히자면 최대한 천천히 능을 몇 바퀴 돌아보아야 한다.

우리는 모두 약속이나 한 듯 신발을 벗었다. 땅 기운을 머금은 잔디를 밟는 기분이 나쁘지 않다. 뒤따라오는 해설사의 나지막한 목소리가 들린다.

"선덕여왕은 아들이 없던 진평왕의 맏딸로 태어나 신라 최초의 여왕이 되었습니다. 재위 16년간 황룡사 9층 목탑과 첨성대

등을 세웠고, 김춘추, 김유신 같은 명장을 거느리며 삼국통일의
기초를 닦아 놓았지요. 그럼에도 불구하고 당시 여왕에 대한 지
방권력의 저항은 대단했다고 합니다. 독신의 몸으로 그 많은 정
적들과 맞서야했던 여왕의 고독을 한 번 느껴보십시오."

뜬금없이 나는 그 순간 영국의 엘리자베스 1세 여왕을 떠올렸
다. 타임즈 조사에 의하면 영국인이 가장 사랑하는 왕 중 하나가
엘리자베스 1세 여왕이라고 하지 않던가. 그 또한 영국을 후진국
에서 당당한 강대국으로 끌어 올렸으나 세상을 뜰 때까지 독신
으로 살았다. 왜 세상의 모든 왕들은 여러 명의 후궁까지 두는데
여왕은 유독 동서양을 막론하고 독신이어야만 했을까.

"과인은 국가와 결혼하였다."

는 말은 여왕들의 자조 섞인 위로가 아니었을까.

"능 위를 보십시오. 희미하게 길이 나 있지요."

손끝을 따라가니 능 중앙에 인간이 낸 길이 보인다. 아이들이
능위를 헤집고 다닌 흔적이라고 한다.

해설사가 어렸을 때만 해도 능은 아이들의 술래잡기와 미끄럼
장소였다고 한다. 그뿐인가. 대학생이 되어서는 달 밝은 밤이면
친구들과 능위에 올라가 막걸리 판을 벌였다니 뜻밖이었다. 나
는 여태껏 한 번도 능은 커녕 할아버지의 무덤조차도 올라가 본

일이 없었다. 일종의 경외감이랄까. 혹은 두려움 때문이었을까.

농경민들이 시체를 땅속에 묻기 시작한 것은 씨앗이 땅 속에서 발아하는데서 비롯되었다는 설이 유력하다. 죽은 사람에 대한 부활의 강력한 소망이다. 이승과 저승을 넘나드는 영생의 기원이기도 했을 것이다.

그렇다면 여왕은 원장과 같은 후손을 기특해 하지 않았을까. 나처럼 이승과 저승의 선을 그어놓고 어쩌다 들러 절이나 올리는 후손보다는 수시로 찾아와 술래잡기도 하고 격론을 벌이는 젊은이들이 대견했을는지도 모를 일이 아닌가. 영혼이 있다면 뛰노는 아이들에게 팔을 활짝 벌리기도 하고 젊은이들 말에 귀 기울이며 미소를 짓기도 했으리라.

"저기 동쪽에 있는 능이 진평왕릉입니다. 선덕여왕의 부친이지요."

그렇구나. 햇빛에 시린 눈을 드니 넓디넓은 들판 너머로 아버지인 진평왕의 능이 보인다. 능이 사자死者의 집이라면 이렇게 눈길 닿는 곳에 부녀가 서로 이웃하고 있으니 얼마나 푸근하고 위로가 될까. 죽어서까지 염려와 그리움을 놓지 못하는 혈육 간의 애틋한 사랑이리라.

잠시 맞은편에 보이는 잘 생긴 산을 놓칠 뻔 했다. 낭산에서 서

북쪽으로 뻗은 선도산이다. 신라 건국 초부터 신성한 곳으로 알려진 탓이리라. 확인되지 않은 능들이 거의 한 마을을 이루고 있는 산이다. 경관 또한 탁월하여 경주 출신 어느 토박이 화가는 아직도 비 오는 날의 선도산과 딱 맞아 떨어지는 그 오묘한 색을 찾지 못했노라고 고백한 적이 있었다.

그러나 우리는 화가가 아닌 관계로 좀 색다른 기억을 떠올리고 있었다. 태종 무열왕의 비妃가 된 문희이다. 문희는 김유신의 동생이다. 어느 날 언니인 보희로부터 해괴한 꿈 이야기를 듣게 된다. 꿈에 선도산에 올라가 오줌을 누었더니 서라벌이 온통 잠기더라는 것이었다. 문희는 언니를 졸라 기어이 그 꿈을 사고 말았다. 그것이 바로 천하를 얻는 꿈이었으니!

바람이 분다. 하늘은 높고 5월의 따뜻한 햇살이 이마를 간질인다. 나뭇가지에서는 작은 새들이 포르르 포르르 날고 있고 사위는 고요하다. 우리는 신발을 찾아 신고 능을 떠날 차비를 한다. 떠나기 전 여왕께 작별 인사를 했다.

4배를 마친 후 해설사가 클럽회장에게 답사 소감이 어떠냐고 물었다. 오늘 밤이 지나봐야 안다는 답변이 돌아왔다. 숙소를 선도산 밑 고택으로 잡았으니 이번에는 자신의 오줌으로 서울까지 잠기는 꿈을 꿀 수도 있지 않느냐는 반문이었다. 우리 모두 회장

의 이 기막힌 포부에 박수를 보냈다. 1400년 된 능 주인의 박수
소리도 들리는 것 같았다.

아웃 포커싱

이번 대통령 선거는 여간 어렵지 않았다. 전임 대통령 탄핵이라는 전대미문의 정치 지형에서 찍고 싶은 후보자가 없는 것이 곤혹스러웠다. 합동 토론도 열심히 살펴보고 신문 뉴스도 꼼꼼히 챙겼지만 마음이 가는 후보자가 없었다. 이러해서 못 미덥고, 저러해서 곤란하고, 그러해서 안 내키는 후보자들이 나와 정책도 없이 자신들을 찍으라고만 호소하고 있었다.

취향이 그렇게 까다로우냐고? 천만의 말씀이다. 나는 대한민국 백성의 중간쯤 되는 지극히 평범한 서민으로, 그동안 선거 때마다 긍지를 가지고 투표장에 가서 누군가를 정성껏 찍었다. 확신에 찼던 것은 아니지만 찍을 때는 늘 명분도 있었고, 나름 기분도 괜찮았다. 그런데 이번은 달랐다. 눈을 씻고 찾아봐도 찍고 싶은 사람이 없는 것이었다. 어떻게 해야 할까. 기권을 할까.

투표 일이 가까워지자 묘안이 떠올랐다. '아웃 포커싱' 기법을 도입해 보는 것이었다. 아웃 포커싱이란 사진 용어로 'Out of Focus'를 편의상 줄여 부르는 말이다. 초점을 잡은 피사체를 강조하기 위해 배경을 흐릿하게 처리하는 방법으로 피사체만 부각시키고 주변의 자질구레한 것들은 보이지 않게 하는 기법이다.

나는 후보자들에게서 그들을 둘러싼 배경들을 제거해 보기로 했다. 외모, 학벌, 나이, 정치 환경 등이다. 엄격히 말해 본인과 직접적인 관계가 적은 것들이다. 나는 우선 외모를 보지 않기로 했다. 키가 작건 크건, 얼굴이 잘 생겼건 못 생겼건 그것은 본인 의사에 반反할뿐 아니라 나 개인의 취향이 가장 많이 작용하는 부분이기 때문이다. 다음은 나이, 학력, 속해 있는 당을 비롯한 정치 환경 순으로 하나씩 지워나갔다. 비로소 사람이 보였다. 잡다한 배경에 가려 있던 피사체가 선명히 드러나는 순간이었다.

문제는 합동토론에서 나타났다. 통과의례처럼 안보, 경제, 복지를 건드리다가 후보 간의 자질검증으로 들어가자 어렵게 지운 각자의 배경들이 고스란히 살아나고 말았다. 상대를 향한 비방과 막말에 몰두하다보니 자신들의 출생, 교육, 가치관들이 여과 없이 드러나는 것이었다. 그동안 표를 의식해 눌러왔던 야망들이 호시탐탐 활성화할 기회를 노리다가 상대방의 약점을 낚아챈 순간 봇물처럼 터져 나왔다. 재미있는 것은 출신 배경이었다. 금수저와 흙수저가 확연히 갈라서서 루비콘 강을 사이에 두고 삿대질을 해대니 공들여 작업한 나의 아웃 포커싱은 순식간에 물거품이 되고 말았다. '그의 현재가 과거의 그를 편집한다.'는 말이 거짓말이 아닌 모양이었다.

우리 삶에 아웃 포커싱을 할 수 있는 시기는 언제일까. 나도 한때는 군더더기 없는 알짜배기 삶을 꿈꾸었다. 선이나 진리, 아름다움이라는 피사체를 위해 하찮고 사소한 것들은 단호히 배격하고 혼신을 다 해 삶의 본질, 삶의 에센스에 다가가고자 했다. 허상이었다. 나는 오히려 본질은 커녕 주객이 전도되는 삶을 살았다. 나의 삶은 누더기였고, 반복되는 일상에 마모되었다.

그러나 그 사소한 것들 또한 삶의 일부인 것을 알게 된 것은 나이듦의 혜택이다. 누더기 같은 삶이 마모되어 가면서 나를 이루고 세상을 만들어가는 것이 아닐까.

이제 나는 차선 혹은 차악을 선택하기로 했다. 어쩌면 나는 투표장 한 번 가는 것으로 산신령과 같은 전지전능한 대통령을 기대했던 것은 아닐까. 대통령은 신도 아니고 초인도 아닐 것이었다. 그저 우리 주변에서 흔하게 볼 수 있는 인물 중에서 아주 조금 우리보다 깨어있는 인물이면 충분했다. 하늘을 찌르는 카리스마도 지도자라는 발광체도 나 스스로가 만들어낸 환상에 불과했다. 대통령(president)이라는 명칭도 회의를 주재한다는 '프리자이드preside'에서 나온 말이라고 하지 않던가. 어느 후보자의 말처럼 대통령 또한 국민의 감시가 많이 필요한 고위공무원에 불과할 지도 모른다.

일기예보는 투표일 전국적인 비를 예고하며, 올해는 유독 투표율이 높을 거라고 예측했다.

가우도

글모임에서 가우도駕牛島를 가게 된 것은 우연이었다. 여행 코
스를 논의하던 중 산악회의 등반대장을 하던 회원의 입에서 '가
우도'가 나온 것이었다. 우리는 서로의 얼굴을 바라보았다. 듣도
보도 못한 섬이었다.

"아주 작은 섬이에요."

귀가 솔깃했다. '아주 작은~'이 우리의 마음을 사로잡았던 것
일까.

가우도는 전남 강진만의 8개 섬 가운데 유일하게 사람이 사는
섬이다. 오랫동안 이름 없는 섬이었다가 2005년 가우리라는 주
소를 갖게 되면서 독립마을로 승격되었다. 섬의 생김새가 소의

목에 거는 멍에처럼 생겼다고 해서 이름 첫 자에 '멍에 가駕'를 쓰게 되었다고 한다. 2017년 현재 14가구의 31명이 산다고 하는데, 남 15명, 여 16명이다. 환상적인 비율이다.

가우도에는 육지로 통하는 정기 여객선이 없다. 길이 500m 가량의 출렁다리를 이용하는데, 교량의 폭은 왕복의 행인이 불편하지 않을 정도로 적당하다. 다리 중간 즈음에는 강화유리로 바닥을 깔아놓은 지점이 있어 발밑 유리 아래로 파도치는 바다가 보인다. 아찔하지만 나쁘지 않다. 설렘까지 동반한다. 실제로 앞을 가던 젊은 연인은 발밑을 내려 보다가 소스라치며 몸을 밀착시키기도 한다. 얼굴을 들면 눈앞에 높고 푸른 보은산이 다가 와 있다.

섬은 왜 섬일까. 바다에 왜 홀로 떠 있을까. 나는 섬을 '서다'의 명사로 이해한다. 섬은 바다에 홀로 서 있는 육지이다. 밤이고 낮이고 그는 서 있다. 자지도 않고 먹지도 않고 그는 서 있다. 누구를 기다릴까.

섬을 보면 나는 19세기 후반 유럽을 흔든 드레퓌스 사건이 생각난다. 프랑스 육군의 포병 대위였던 드레퓌스는 유대인이라는 이유 때문에 반역죄의 누명을 쓰고 프랑스령 기아나의 악마섬으로 유배당한다. 한 번 가면 살아 생전 돌아올 수 없는 섬이다. 밤이고 낮이고 해금 소식을 기다리던 드레퓌스는 어느 날 바다를 마주하고 자신의 억울한 속내를 털어놓고 싶어졌다. 그는 입을 열어 '봉주르(안녕)' 라고 시도해 보았다. 소리가 나오지 않았다. '브~' 에서 소리는 멈추고 말았다. 너무 오랫동안 말을 해 보지 않아서 말을 잃어버린 것이었다. 그는 절망했다. 슬픔이 목까지 차올랐다. 주저앉아 땅을 치며 통곡하고 싶었다. 그러나 통곡마저 여의치 않았다. 울음소리 역시 '아~' 에서 이어지지 않았기 때문이었다. 그는 말을 잃은 채 또 다른 섬이 되어 하염없이 서 있기만 했다.

가우도에서 하나뿐인 마을식당에서 점심을 먹은 일행은 섬 일주를 나섰다. 섬 둘레가 2.5km라 누구나 쉽게 해안선을 따라 산책하듯 섬 한 바퀴를 돌 수 있었다. 날씨도 맑고 바람도 높아 산과 바다가 한눈에 들어왔다. 산 정상 8부 능선에는 그 옛날 말을 달리던 평평한 터도 남아 있고, 바닷가에는 물고기 떼를 해안으로 유인하는 상록수림도 울창했다. 이렇게 아름답고 풍광 좋은 섬에다 주민들은 왜 '멍에 가駕'를 덧 씌워 놓았을까.

어쩌면 관광객과 정착민은 생각이 다를 지도 모른다. 잠시 다녀가는 나그네가 맑은 공기와 산과 바다에 열광하는 동안 정작 주민들은 이곳의 삶을 멍에로 인식할 수도 있을 것이다. 운명의 신은 호시탐탐 인간의 목에 멍에를 씌운다. 도보꾼과 낚시꾼이 득실거리는 속에서 손바닥만한 채마밭을 일구고 가오리 잡이, 꼬막과 바지락 채집으로 생계를 잇는 삶이 어찌 고달프지 않겠는가. 누군가에게는 뜬 구름 같은 무책임한 낭만이 또 누군가에는 삶 그 자체일는지도 모른다.

"저기 황가오리 빵집이 있네요. 벤치에 앉아 기다리세요."

젊은 회원 한 사람이 뽀르르 가서 황가오리 빵을 사 온다. 이 섬의 특산물이다. 빵 속에 가오리는 물론 없다. 육지에서 파는 잉어빵에 잉어가 없는 것과 마찬가지다. 가오리 모양의 황색 밀가루 빵일 뿐이다. 그런데도 봉지 안으로 회원들의 손이 들락거린다. 습관처럼 환상과의 타협이 이루어진 결과이다.

바다를 보며 나는 다시 드레퓌스를 생각한다. 유배생활 10여 년 후 그는 악마섬에서 풀려났다. 모든 혐의를 벗고, 복권도 되어 육군에 복직했다. 승진은 물론, 프랑스 최고의 레지옹 도뇌르 훈장까지 받게 된다. 말문이 트여 '브~'에서 헤어났음은 물론이다. 멍에가 풀려 바닷가에 주저앉아 눈물 한 번 펑펑 쏟았느냐고? 글쎄다. 당시 어느 신문도 그의 통곡을 언급하지는 않았다고 한다. 드레퓌스인들 울고 싶다고 어찌 다 울겠는가. 우리 삶이 통곡이나마 시원하게 할 수 있던가.

비진의 의사표시

나의 생일을 축하해 준다고 서울 사는 여동생 부부가 저녁을 사주러 오겠다고 했을 때 특정장소나 메뉴가 정해져 있었던 것은 아니었다. 나는 대체로 먹는 것을 좋아하는 사람이고, 편식 또한 없는 편이다. 언젠가 의학계에서 바쁜 현대인들을 위해 하루 필요량이 압축된 알약을 개발한다고 했을 때 나는 무슨 소리냐고, 씹고 뜯고 마시는 낙이 얼마나 좋은 건데 약 한 알로 대신하느냐고 흥분하며 반대했던 사람이다. 또한 프랑스에서 중년 여성을 상대로 행복 순위에 관한 설문조사 결과 1위가 '기분 좋은 사람들끼리 모여서 식사하는 것(섹스가 아니었다)' 이었다는 신문보도에 박수를 치며 공감했던 사람이다. 부연하자면 동생네 부부는 더 할 나위 없이 기분 좋은 사람들이며, 연배 또한 나와 비슷하여 식사 화제에도 신경 쓸 필요 없는, 어디서, 무엇을 먹든 행복한 초특급 파트너이다.

오전 10시쯤 동생의 전화를 받았다. 자기네들은 지금 마악 대구로 출발했으며, 동화사 근처의 시누이 집에서 점심을 먹은 후 저녁 6시경 친정에 도착할 계획이라고 하였다. 나는 좋다고, 나 역시 경산 쪽에 점심모임이 있어 가는 중인데 모처럼의 만남이라 지체될 조짐이 있으니 장소는 아버지와 의논해서 편한 대로 정하라고 대답해 주었다.

오후 6시경. 내가 친정에 도착하자 제부가 기세등등하게 근사한 장어구이 집 하나 봐 뒀다면서

"처형도 장어 좋아하지요?"

하고 묻는다. 분위기로 보아 처형 정도의 미식가가 장어 같은 고급한 음식을 좋아하지 않을 리 없다고 믿고 있는 눈치다.

나는 순간적으로 제부와 친정아버지가 모처럼 장어를 안주 삼아 술 한잔하고 싶은가 보다 짐작하여 장어라면 이 동네에서는 '삼수장어' 가 유명하다고 아는 체를 했다. 제부가 잠시 고개를 기웃하더니 오는 길에 '봉황장어' 라고, 어여쁜 모델들이 춤추고 노래하고 요란스럽게 개업하는 집이 있던데 거기는 어떠냐고 묻기에 아니라고, 장어라면 단연 '삼수장어' 라고 한 번 더 확실하

게 못을 박았다.

　정직하게 말하자면 나는 장어 같이 징그러운 음식에 관해 이해가 없는 사람으로서 '삼수장어' 를 알게 된 것은 순전히 아버지네 아파트의 경비원을 통해서이다.

　그날따라 비가 오는데 우산도 없이 친정 가던 길에 '삼수장어' 옆 돈가스 집에서 나오는 경비원 부부를 만났다. 나는 자연스럽게 부인의 우산을 같이 쓰게 되었는데, 웬일인지 부부는 기분이 좋아 보이지 않았다. 사연을 들어보니 오늘이 경비원의 생일이라 아들 내외, 손자와 저녁을 먹게 되었는데 경비원은 '삼수장어' 집에 가고 싶다고 희망했지만 손자 녀석이 구태여 돈가스를 먹겠다고 우겨 지금 그 집에서 나오는 길이라는 것이었다. 소주 한잔에 장어 한 접시 딱 먹고 싶었다느니, 그럼 어떡하느냐고, 그런 일로 손자하고 싸우느냐고 티격태격하는 부부를 보고,

　"아저씨, 삼수장어가 맛있어요?"

　"맛있지요. 라디오 선전도 못 들었어요?"

　"그럼 다음에는 두 분만 가서 드세요."

　"얼마나 비싼데요? 우리 같은 사람은 생일 아니면 가지도 못해요."

제부와 열띤 논의 끝에 '봉황장어'를 물리치고 '삼수장어'를 찾아가 자리를 잡자 계량 한복을 입은 도우미가 메뉴판을 들고 왔다. 미술전시회 화보급 되는 화려한 메뉴판을 하나씩 받아 든 우리는 숨 죽여 서로의 눈치를 살폈다. 동생이 먼저 난감하다는 듯

"이 집은 장어만 파는가 보네. 봉황장어 집은 삼계탕도 있던데."

궁시렁대며 제부의 눈치를 살피자 그 말이 무슨 뜻인지를 모르는 도우미는,

"네. 여기는 장어 전문 집이에요."

제부가 다소 엄숙하게 두 손을 모으며,

"뭘 시키나. 날이 날이니 만큼 좋은 걸 먹읍시다."

동의를 구하듯 나를 쳐다보는데,

"삼수 특대로 하세요. 잘 해 드릴게요."

도우미가 얼른 거들었다.

삼수특대는 이 집의 스페셜 요리로써 궁중요리에서나 볼 수 있는 화려한 접시에다 양념 장어와 구운 장어 외에 각종 한약재와 더덕과, 인삼과, 몸에 좋은 야채를 버무려 놓은 작품으로 그 모든 재료들은 너무나 희귀하고도 신선하여 진시황이 살아있다

면 삼수 씨는 자자손손 벼슬길에 오르게 될 것이 틀림없었다.

건배가 끝나고 모두 잠깐 친정어머니의 부재를 아쉬워하였다.

"오늘 같은 날 살아계셨으면 얼마나 좋아."

동생의 한마디에,

"그러게. 장모님도 장어 좋아하셨지?"

나는 살짝 동생을 훔쳐보았는데, 동생은 마악 이름 모를 야채 한 가닥을 집어 올리고 있었다. 나 또한 옆에 놓인 재첩 국을 맛보고는 제부를 향해 맛있다고 눈을 찡긋 감사를 표시했다. 아버지는 구운 장어 한 점을 드셨고, 제부는 양념 장어 한 점을 집었다.

술이 돌고, 우리는 잠시 음식에 열중했다. 그러다 문득 수상쩍은 낌새를 주목하게 되었다. 접시 가득 담긴 장어가 시간이 가도 도무지 줄어들지를 않는 것이었다. 제부가 먼저 의혹을 제기했다.

"처형은 언제 이 집에 와 봤어요?"

나야 처음이라고, 그런데 맛있다고 소문났더라고 대답했는데, 이번에는 동생이 아버지를 의심했다.

"아버지는 왜 인삼만 드세요?"

아버지는 점심을 늦게 먹어서 안 댕긴다고 하셨다. 그러면서 제부에게 질문하셨다.

"장어를 먹자고 한 자네는 왜 더덕만 먹고 있는가?"

대답 대신 제부가 다시 나에게 화살을 돌렸다.

"처형은 왜 재첩 국만 들어요?"

"맛있네요. 국이 아주 시원해요. 푸핫 -"

이렇게 해서 21세기 대한민국의 일급비밀은 들통이 나고 말았다. 우리는 아무도 장어를 좋아하지 않았으되 다른 사람들은 모두 좋아하는 줄로 오해했고, 그 오해에 편승하여 순교자인 양 희생을 자초하다가 마침내 진실에 항복하게 된 것이었다.

다시 친정.

부엌에서 라면을 끓이는 동생 주위를 어슬렁거리던 제부가 내게 오더니 은근하게,

"법률용어에 비진의 의사표시라는 게 있거든요."

"비진의 의사표시요?"

"네. 표의자가 내심의 의사와 표시가 일치하지 않는다는 것을 알면서 하는 의사표시를 말하는데요.."

"무슨 뜻이예요?"

"이를테면 자기 소유의 부동산을 증여할 의사도 없으면서 증여할 것처럼 안개를 피우는 거죠."

동생이 식탁에다 젓가락을 탁, 탁 놓으며,

"그만해. 라면이나 먹어. 괜히 장어는 먹자 해 가지고."

　김치도 없는 라면은, 그러나 맛이 있었다. 아무려나 생일 음식
이다 보니.

그곳이 궁금하다

오래 전 나는 비슬산 참꽃 축제에 간 적이 있었다. 꽃보다 많은 인파에 밀려 줄을 서서 전기차로 1,000미터쯤 올라갔을 때 산 정상부 벼랑 끝에 3층 석탑 하나가 외로이 서 있는 게 보였다. 신라 고찰 대견사가 있던 절터였다. 무슨 연유에서인지 사찰은 온데 간데없고 간신히 남은 석탑만이 낙향한 선비처럼 나의 시선을 붙잡고 있었다. 그러나 그뿐이었다. 때는 봄이었고, 참꽃 군락이 펼치는 비경에 묻혀 나는 간단히 탑을 잊었다. 아무려면 벼랑 끝에 서 있는 초라한 탑 하나가 30만 평을 붉게 물들인 참꽃에 비할 일이던가.

시간이 흘러 2014년 3월, 나는 신문에서 탑만 있던 그 자리에

절이 다시 세워졌다는 기사를 읽었다. 신문은 개산소식을 대대적으로 전하며 대견사가 서기 800년대의 신라고찰로서 비슬산의 99개 사찰 중 중심사찰이었다고 보도했다. 나는 등짝을 한 대 얻어맞은 기분이 되었다. 시끌벅적한 참꽃 축제에 밀려 서자처럼 벼랑 끝에 우두커니 서 있던 석탑이 갑자기 궁금해졌다. 그때 나는 왜 잠시라도 폐허가 된 절터를 둘러보지 않았을까. 참꽃이 무어라고 절을 잃고 서 있는 석탑마저 외면하고 말았을까. 나는 마치 집 나온 여자가 옛 서방을 찾아가듯 마음이 급해졌다. 꽃은 커녕 산마저도 겨울잠에서 덜 깨어난 초봄이었다. 꽃샘바람에는 여전히 날이 서 있었고, 산자락에는 눈이 희끗희끗 남아 있었다.

산 입구에 도착하자 이번에는 전기차를 타지 않고 좀 걷기로 했다. 자연휴양림 중간쯤에서 강우관측소까지는 포장이 되어 있는 임도였다. 내가 특별히 이 길을 택한 이유는 산악인들이 '너덜겅'이라고 부르는 돌무더기를 보기 위해서였다.

비슬산에는 빙하기의 암괴류 유적들이 곳곳에 군집해 있다. 풍화된 암석조각들이 산비탈을 흘러내려 절벽 밑에 무작위로 쌓여 있기도 하고, 화강암들이 풍화로 인해 바위군락을 이루는 것들도 있다. 게다가 비슬산의 암괴류는 2km에 걸쳐 끊어지지 않고 이어져 세계 최대 규모라고 한다. 비라도 오는 날이면 암석들이 산을 타고 강물처럼 흘러 내려와 주민들은 돌강, 혹은 바위강으로 부른다. 이른 봄, 날씨는 쾌적하고 이름 모를 새마저 포르르 포르르 날고 있는데, 타임머신을 타지 않고도 몇 만 년 전의 빙하기 유적들을 감상할 수 있으니 얼마나 근사한가.

절 입구에서 숨을 고르며 물을 한 잔 마셨다. '천년 샘에서 솟아난 물'이라는 천천수이다. 물맛이 좋다고 하니 족자를 건네주던 안내원이 프랑스의 에비앙보다 낫다는 평가가 있다면서 상품으로 개발해도 손색이 없을 거라 한다.

"안돼요. 그냥 좀 두세요."

말하고 보니 민망하다. 뉴질랜드에 갔을 때 거대한 온천을 두고도 후대를 위해 개발을 보류하던 일이 떠올랐던 것이다. 허지만 여기는 한국이 아닌가. 척박한 땅에서 무어라도 개발을 해야먹고 사는 마당에 주제넘었다.

절에 이른다. 대견사大見寺이다. 비슬산 우측 능선에 자리하고 있는 대견사는 이전에는 보당암으로 불려졌다. 보당암은 삼국유사의 저자 보각국사 일연스님의 초임 사찰지로 알려져 있다. 이곳에서 일연스님은 두 차례에 걸쳐 약 35년간 머물며 삼국유사의 자료수집과 집필을 구상했다는 기록이 있다. 고려 말 몽고 침

입으로 폐허가 되어 여러 번 중창했으나 일제강점기 때 일본의 기를 꺾는다는 낭설에 밀려 강제 폐사되고 말았다. 그 후 100년 동안 폐사지로 방치되었다가 2014년 3월, 정식 사찰로 재등록되었다.

대견사는 적멸보궁이다. 대견사에 봉안한 진신사리는 스리랑카의 쿠루쿠데 사원에서 모시던 부처님 진신사리 1과를 기증받은 것이다. 이 진신사리는 서기 103년부터 스리랑카 도와사원에서 보관해오다 1881년부터 쿠루쿠데 사원에 모셔진 사리 4과 중 하나다. 이로써 비슬산은 용연사와 대견사 두 곳에 적멸보궁을 가진 셈이다.

암굴과 마애불과 우물을 둘러본 뒤 드디어 석탑에 다가선다. 탑은 비슬산 고위평탄면의 끝자락, 바위군집에 세워져 있다. 천 길 낭떠러지 바로 위의 널따란 암반에서 솟구치듯 튀어나와 하늘을 우러르고 있다. 통상적으로 탑은 사찰의 중앙에 위치하기 마련인데 이 탑은 신기하게도 비슬산 벼랑 끝을 붙잡고 서 있다.

어쩌면 우리 모두는 가슴속에 탑 하나씩을 끌어안고 사는 게 아닐까. 사학을 전공한 선배 한 사람은 평생 동안 경주의 석가탑을 가슴에 품고 살았다. 슬플 때나 삶이 버거울 때면 차를 몰고 탑을 '만나러' 가곤 했다. 탑을 보며 바위에 앉아 소주 한 잔 마시고 나면 자신의 용렬함이 보인다고 말했다.

탑을 받치고 있는 바위 위에 앉아본다. 바위는 거북처럼 심하
게 등이 갈라져 있다. 오랜 풍상으로 안으로부터 살갗이 터져버
린 것 같다. 버려지고 짓밟히고 폐허가 된 사찰을 지키기 위해
탑이 사력을 다 해 버티는 동안 바위는 또 저 혼자 그 시간들을
어떻게 감당했는지 알 도리가 없다. 부처님께 여쭤야 하나. 일연
스님을 뵈어야 하나.

절을 나오니 비슬산 자락에 저녁노을이 지고 있다. 알아주는
이 없이 저 스스로 저리 곱게 지고 뜸이 새삼 경이롭다. 저 노을
이 있기까지 얼마나 많은 밝음과 어둠이 지나갔을 것인가. 대웅
전 마당에도 탑 그림자가 노을을 마중 나와 있으리라.

사랑 예감

현관문을 들어서는 아들의 손에는 커다란 가방이 들려 있다. 휴가를 받아 집에 온다더니 개를 데리고 온 것이다. 한 마리도 아니고 두 마리다.

군의관으로 가 있는 아들이 개를 분양받았다고 했을 때 나는 펄쩍 뛰었다.

"결혼도 안 한 놈이 개는 무슨? 여자나 사귈 일이지."

그러나 아들은 말을 듣지 않았다. 장교 아파트를 배당받은 것이 계기가 되기도 했다. 같이 근무하는 친구와 한 마리씩을 분양받았는데 사정이 생겨 그의 개마저 떠맡게 되었다고 했다.

아들은 개가 정말 좋은가 보았다. 세상 모든 엄마가 말 못하는 아이와도 자연스럽게 소통하듯이 그는 개가 무엇을 원하고 어떻게 해 줘야 하는지를 잘 알았다. 눈 뜨면 제일 먼저 개의 상태를 살피고 먹이를 주었다. 정해진 패드에 대소변을 보면 크게 칭찬을 한 후 상으로 육포 한 개를 던져 주는 것도 잊지 않았다. 모처럼의 휴가이니 늦잠도 자고 게으름을 부릴 법도 하건만 아침 일찍 공원으로 데리고 나가 마음껏 뛰어놀도록 풀어 주기도 했다. 개들은 공원에서 한바탕 뜀박질을 한 후 주인과 함께 집으로 돌아왔다.

문제는 그다음 부터였다. 기분이 좋아진 개들이 눈을 스르르 감고 휴식을 취할 무렵 아들은 샤워를 하고 외출을 준비했다. 교수님도 뵈어야 하고 친구들과의 약속도 있는 것이었다. 이제 개들은 온전히 내 차지가 되었다. 나는 개를 좋아하지 않았다. 좋아하지 않으므로 개의 속성을 잘 알지 못했다. 개들도 나를 따르지 않았다. 우리는 서로 피해 다녔다.

나는 아들에게 외출 전 개들을 베란다에 가둬 두라고 말했다. 제 집에서도 사람이 없는 동안에는 그렇게 하는 걸 보아왔기 때문이었다. 아들은 거절했다.

"사람이 집에 있는데 어떻게 베란다로 내쫓아요? 쟤들도 사람과 똑 같이 분리불안 같은 거 있어요. 저 올 때까지 같이 좀 계세요."

아들이 외출한 후 나는 방문부터 닫았다. 개들이 방을 들락거리는 것이 성가셨다. 딱한 것은 나 역시 방에 들어갈 수 없게 된 점이었다. '분리불안'이라는 아들의 말이 발목을 잡았기 때문이었다. 어쩔 수 없이 나는 개들과 좁은 거실에 남았다. 무엇을 해야 하나. 멸치 똥이나 까볼까.

부엌 식탁 위에 멸치를 펼쳐 놓자 냄새를 맡은 개들이 달려들기 시작했다. 나는 멸치 두 마리를 동과 서로 나누어 한 마리씩 던져 주었다. 그런데 이게 웬일인가. 한 마리씩 나눠 먹으라고 던져 준 멸치를 한 놈이 독식을 하는 것이었다. 아들네 개였다. 놈은 친구네 개를 발로 차고 몸으로 밀치면서 멸치를 재빠르게 낚아채고 말았다. 이런 나쁜 놈이 있나. 나는 놈을 크게 한 대 쥐어박고는 보란 듯이 친구네 개의 입에 멸치 한 마리를 직접 넣어 주었다.

다시 멸치 똥에 집중하는데 어디선가 신음소리가 났다. 이번에는 친구네 개가 아들네 개의 꽁지를 물어뜯고 있었다. 복수전이었다. 얼마나 모질게 물었는지 꽁지는 살점이 벌겋게 부풀었고 피까지 맺혔다. 기겁하여 두 놈을 떼어 놓고 거실로 나오는데 까마득히 잊고 있었던 아픈 기억 하나가 되살아났다.

일곱 살 무렵, 나는 백일해로 기침을 심하게 하여 주위사람을 안타깝게 했다. 어떤 때는 기침이 멎지 않아 까무러친 적도 있었다. 오랫동안 고생하던 내가 외가에 보내진 것은 외할머니가 나를 위해 용하다는 무슨 열매로 술을 담가 놓았기 때문이었다.

그런데 동갑짜리 이종 사촌이 나보다 먼저 외가에 와 있었던 것이 문제였다. 사촌은 생활이 어려워 입 하나를 덜 셈으로 와 있었는데, 나보다 덩치도 크고 힘도 셌다. 사촌은 처음부터 나를 미워했다. 외가에서는 식구들 뿐 아니라 일꾼들까지도 병약한 나를 안쓰러워했다. 사촌은 그것이 아니꼬워 호시탐탐 트집을 잡고 시비를 걸었다. 얼마나 지독하게 괴롭혔던지 견디다 못한 내가 외할머니에게 집으로 보내 달라고 애원했을 정도였다.

그 해 여름 어느 날이었다. 무슨 일인지 집안에는 사촌과 둘이만 있게 되었다. 사촌은 구태여 나를 감나무 위에 올라가도록 했다. 울기도 하고 애원도 해봤지만 소용없었다. 사촌은 장대로 나를 위협하면서 기어이 감나무 꼭대기까지 올라가게 했다. 기침이 시작된 것은 꼭대기에 이르렀을 무렵이었다. 기침은 지독했고 멎지 않았다. 얼굴이 붉어지면서 숨이 가쁘고 구토까지 시작되자 나는 이러다가는 죽을지도 모르겠다는 공포에 사로잡혔다. 무서웠고 괴로웠다. 죽을힘을 다 해 나뭇가지를 붙잡았지만 손에서는 어쩔 수 없이 힘이 빠져 나갔다. 나무에서 떨어지고 있는 나를 때마침 밭에서 돌아온 일꾼이 받아 안는 바람에 간신히 목숨을 구했다.

그 일이 있고 나서 사촌은 내 눈 앞에서 사라졌다. 무서운 병에 걸려 다른 곳에 가 있다고 했다. 나는 놀라고 겁이 더럭 났지만 다시는 그 애가 외가로 돌아오지 않기를 간절히 빌었다. 가족들이 사색이 되어 읍내로 들락거렸다. 이모가 눈물이 범벅이 되어 달려 온 날 나도 어른들을 따라 나섰다.

어른들의 발걸음은 읍내 초등학교 앞에 머물렀다. 사촌은 법정 전염병인 장티푸스에 걸려 백여 명이나 되는 환자와 함께 초등학교 운동장에 격리되어 있었다. 외할머니와 이모가 땅바닥에 주저앉아 통곡을 했다. 외할아버지는 의사를 붙잡고 애원했다. 제발 내 손녀 좀 살려 달라고. 내 재산 반을 뚝 떼어 줄 테니까 손녀만 살려달라고….

어른이 되어 누군가가 내 가슴에 못질을 하거나 돌을 던질 때도 나는 되도록 모진 마음을 먹지 않기로 한 것은 그때의 참혹한 기억 때문일는지도 모른다. 약자를 짓밟고 괴롭히는 것은 분명 죄악일 것이었다. 그러나 그에 맞서 마음속에 증오의 매듭을 짓는 것 또한 크나 큰 죄악이었다. 사촌은 내가 배꼽마당에서 빌었던 것처럼 다시는 외가로 돌아오지 못했다. 일곱 살 어린 나이에

저 세상으로 떠나고 만 것이었다.

 따뜻하고 뭉클한 감이 느껴져 무릎을 보니 한 놈이 엉덩이를 바짝 붙인 채 졸고 있다. 다른 놈도 나의 발 언저리에 몸을 뻗고 잠들어 있다. 그렇게 한바탕 혼이 나고도 내 주변을 맴도는 것을 보면 놈들에게도 경쟁심리가 있는 모양이다. 내가 외가에 갔을 때 사촌이 느꼈음직한 위기의식이리라.

 나는 가만히 졸고 있는 놈의 털을 쓸어 보았다. 보드랍고 윤기 나는 털이었다. 사촌의 머리칼도 이렇게 풍성하고 보기가 좋았었다. 건강한 사촌의 눈에는 잔병을 달고 사는 내가 하찮고 초라했으리라. 무엇 하나 자기보다 나을 게 없는 아이를 어른들이 끼고 도는 것도 참기 힘들었을 것이었다. 그렇다면 우리 중 누가 가해자가 되는 것일까?

 놈이 감았던 눈을 살짝 뜨고 나를 치켜다보았다. 멸치 좀 낚아챘다고 사정없이 쥐어박던 바로 그 사람인지 궁금해진 모양이었다. 나는 대답 대신 빙긋 웃어 주었다. 개나 사람이나 화해는 이렇게 빠를수록 좋은 것을. 놈은 얼굴에 안도의 빛을 띠면서 편안한 잠 속으로 빠져 들었다. 나는 어쩐지 새로운 사랑이 시작될 것 같은 예감이 들었다.

2. 샤갈과 히틀러

세상 밖

생후 15개월 된 손자 로하가 외출을 했다. 어린이집 문을 두드리게 된 것이다. 적응 첫 단계로 하루 한 시간씩 머무는 일이라 준비가 더 번거로웠다. 기저귀에 물, 손수건에 간식도 챙겨야했다. 고작 한 시간을 위해 30분 이상 준비하고 유모차까지 움직이는 짓을 뭐 하러 하느냐 에미한테 물으니 사회성을 길러주는 일이라 했다. 또래도 없이 집에만 있으니 엄마만 알아서 마마보이가 될까봐 걱정이라는 대답이었다.

세상 밖으로 나온 로하는 지구상에 아이들이 너무 많아 놀랐다. 제 또래 보다는 누나, 형들이 많았다. 누나, 형들은 다투어 소리 지르고, 내달렸다. 또래들은 놀라 우두커니 서 있다가 형들에게 부딪쳐 울음을 터뜨렸다. 울다가 옆에 있는 장난감을 집으면 그마저 형들이 쏜살같이 빼앗아 갔다. 로하는 자동차에 눈이 가는 것 같았다. 그러나 차문을 열고 다리를 올리려는 순간 달려온 형이 가로채 버렸다. 로하가 울자 인형을 업은 세 살 쯤 되는 누나가 다가왔다. 누나는 로하를 달래며 코 묻은 볼에다 뽀뽀를 했다. 로하가 눈물을 닦으며 싱긋 웃었다.

엄마가 로하를 데리고 블록 방으로 갔다. 나무로 만든 각종 장난감들이 있었다. 로하가 눈을 빛내며 로봇으로 손을 가져갔다. 바로 그 순간 총을 들고 달려오던 형이 로하 앞에서 넘어지고 말았다. 로하가 놀라 로봇을 떨어뜨렸다. 대신 얼른 총을 집어 들었다. 울던 형이 총을 빼앗으려 하자 로하가 달아나기 시작했다. 돌 지나 걸음을 떼어 놓아 이제 겨우 엄마 손 잡고 걷는 로하였다. 그러나 지금은 비상시국이었다. 총을 든 로하는 달리고 또 달렸다. 넘어져가며 울면서 죽을힘을 다해 달렸다. 쫓던 형이 포기하고 미끄럼을 타기 시작하자 네 살쯤 되는 다른 형이 로하에게로 다가 왔다. 형은 노련했다. 물개 장난감을 내밀며 교환을 시도했다. 로하의 얼굴이 갈등으로 복잡해졌다. 슬그머니 총을 포기하고 말았다.

집에 돌아오자 로하는 바로 잠에 곯아 떨어졌다. 세상 밖이 너무 찬란하고 피곤했다. 자는 동안 간간히 미소를 지었다. 난생 처음 빼앗아본 총 때문이었는지, 볼에다 뽀뽀해준 누나 때문이었는지는 알 수 없는 일이었다.

보이지 않아도

이른 아침 공원을 돌고 있을 때였다. 어디선가 색소폰 소리가 들려왔다. 주위를 살폈으나 연주자가 보이지 않았다. 야산 중턱 어딘가쯤, 인적이 드문 곳에 홀로 서서 불고 있는 모양이었다.

딸이 오랜 유학생활 끝에 첫 오케스트라의 일을 시작했을 때 나는 기대 반 걱정 반으로 가슴이 설레었다. 그러나 막상 막이 오르자 예상치 못한 일이 벌어졌다. 무대에서 딸의 얼굴이 보이지 않는 것이었다. 덩치 큰 서양 남자들 속에서 말석에 앉은 딸은 음악회 내내 손만 겨우 보일 뿐이었다. 평생토록 배우 되기를 소원했던 엑스트라가 「맨발의 청춘」에서 거적 아래로 발만 나온 것과도 같았다. 가슴이 미어졌다. 저것 하려고 어린 나이에 부모

떠나와, 스타카토로 시간을 끊어가며 하루 8시간씩 연습했던가? 겨우 저것 하려고 체중 감소에 생리 불순까지 겪으며 음악에 올 인했던가?

색소폰이 잠시 연주를 멈추었다. 휴식 중인가 보았다. 공원에 있는 많은 사람들이 두리번거리기 시작했다. 테니스를 치던 중년 남자는 라켓을 든 채 멈춰 섰고, 조깅을 하던 젊은이는 속도를 늦추며 뒤를 돌아보았다. 홀라후프를 돌리던 아줌마는 허리를 세우고 먼 곳을 살폈고, 뜀박질 하던 강아지는 쿵쿵거리며 주인을 보챘다.

약속이나 한 듯 '멈춰' 가 풀렸을 때는 색소폰 소리가 다시 들렸을 때였다. 테니스도 조깅도 홀라후프도 다시 돌기 시작했다. 가만히 보니 운동하던 사람들만 그를 기다린 것이 아니었다. 장미도, 비둘기도, 연못의 수련마저도 색소폰 소리에 귀를 쫑긋 세우고 있는 것 같았다. 그런데 그는 왜 얼굴을 보여 주지 않을까.

엄마와 달리 딸은 손만 나온 첫 연주가 만족스러웠던 모양이었다. 청중과 동료들의 격려를 받으며 상기된 낯빛을 감추려하지 않았다. 그때 내가 오늘처럼 편안했다면 얼마나 좋았을까. 보이지 않아도 충분히 들렸음을 그때는 왜 몰랐을까.

해가 솟으며 색소폰 소리도 잦아들었다. 지금쯤 그는 손수건으로 땀을 닦으며 악기를 챙기고 있을 터였다. 나는 음악회 내내 손만 보여주던 딸의 첫 연주를 생각하며 집을 향해 발을 옮겼다.

신춘향전

사람 마음 제 각각이라는 말은 참일까, 아닐까. 실상사 답사 중 뜻하지 않게 광한루를 찾은 것은 회원 중 한 사람이 그 곳에 걸린 춘향의 영정사진을 트집 잡았기 때문이었다. 이몽룡이 그네 타는 춘향을 보고 첫눈에 반한 것이 열여섯 살 전후인데 영정사진은 어머니격인 신사임당의 이미지라는 것이었다. 설익은 이팔청춘이 첫눈에 반하려면 어떤 타입이어야 한다는 걸까. 수선화 같은 청순가련형을 기대했을까.

광한루에 들어서자마자 우리의 눈길은 엉뚱하게도 한 여인에게 꽂혔다. 몽룡과 춘향의 옷을 비치해 놓고 사진을 찍어주는 세트장에서였다. 거울 앞에서 열심히 분첩을 두드리는 신新춘향 그

79

녀. 오십대 중반쯤의 키가 크고 몸집도 굵었다. 얼굴은 한마디로 뺑덕어멈이 나들이 왔나 싶었다. 춘향 옷으로 몸을 감았으나 골격이 몸부림쳤고, 공들여 분을 발랐으나 푸르죽죽하니 피부에 스며들지를 못했다. 반대로 몽룡은 키가 작고 왜소했다. 거미줄처럼 엉킨 주름살만 아니면 아들로 보일 뻔한 체구였다. 사람들이 수군거렸다. 저 사람들은 거울도 안 보나? 제 얼굴은 못 봐도 상대 얼굴은 보일 거 아냐?

사진사가 두 사람 앞에 섰다. 웃으라 했다가 붙어서라 하더니 몽룡 보고 춘향을 안아보라 주문했다. 두 사람은 순순히 시키는 데로 따랐다. 어찌나 열심히 하는지 지켜보는 우리도 덩달아 웃다가 옆 사람과 붙었다가 했다. 안는 것까지 해 보려다 낯선 사람들이라 흠칫 놀랐다.

사진 촬영이 끝나자 두 사람은 우리 앞을 유유히 지나갔다. 뺑덕어멈이 심학규의 팔을 살포시 잡았다.

"사진 잘 나왔을까?"

심학규가 믿음직하고 씩씩하게 대답했다.

"걱정할 거 없어. 여러 장 찍었으니까 고르면 돼."

우리는 두 사람이 옷을 갈아입고, 사진을 고르는 것까지 보고

서야 버스에 올랐다. 오르고 나서야 문제의 춘향 영정 사진을 못 본 것을 깨달았다. 상관없었다. 수선화인들 신사임당인들 무슨 상관인가. 방금 수줍은 신新춘향을 보지 않았는가.

백담사에서

초여름, 강원도에 있는 백담사를 찾았다. 백담사는 중, 고등학생 때는 만해 한용운이 「님의 침묵」을 집필했던 사찰이라고 배웠으나 언젠가 부터는 12.12의 전두환 대통령이 임기 후 2년간 은거했던 곳으로 기억되는 절이다. 산세가 험하고 계곡이 깊어 절 입구에서 서틀버스를 탔다. 7km나 되는 오르막길을 아슬아슬하게 오르다 보니 금방이라도 산짐승이 나타날 것 같았다. 현대판 삼수갑산이라고나 할까. '삼수三水' 와 '갑산甲山' 은 함경도에 있는 오지로, 날씨가 춥고 산세가 험하여 조선 시대 대표적인 귀양지라고 했던가.

절에 이르자 정면으로 극락보전이 보이고, 맞은편으로 문제의 방이 나타났다. 전 대통령이 기거했던 방이다. 생각보다 좁은 방에 이불과 옷가지들이 가지런히 놓여 있었다. 나는 특히 방 한 가운데를 차지한 고무 다라이를 주목했다. 전 대통령 부부가 더운 물을 받아 목욕을 했다는 용기이다. 김장철에 시장 바닥에서 배추나 절이던 값싸고 흔한 바로 그 물건이다. 한 나라의 지존으로서 그 많던 돈과 총도 버리고, 숨겨 놓았던 그림들도 버리고, 청송교도소도 버리고 북쪽 끝 오지까지 쫓겨 와 고무 다라이에 몸을 담그다니!

쪽마루에는 큰 글씨로 '제12대 대통령이 머물던 곳입니다.' 라는 현판이 붙어 있었다. 전 대통령이 이른 아침 눈 내린 경내를 한가롭게 둘러보는 사진, 마음을 모아 불경을 베끼는 사진, 주민들의 농사일을 거드는 사진 등도 진열되어 있었다. 언뜻 보아 번다한 업무를 피해 휴양이라도 온 듯한 모습이었다. 느닷없이 입산을 한 전 대통령을 두고 복이 될지 화가 될지 황망했을 백담사 스님들의 모습이나 체포조가 전경에 제지당하는 난장판 사진 같은 것은 없었다. 모든 것이 평화롭고 순탄해 보였다. 달라진 것이 있다면 눈에 띄게 관광객이 늘어난 점이라고나 할까. 이제 보니 백담사는 더 이상 삼수갑산이 아니었다. 각종 홍보지에 오르는 일등 관광 상품이었다.

만해 교육관 툇마루에 올라 백담계곡을 굽어보았다. 햇빛을 받아 번뜩이는 거대한 물줄기가 아우성치듯 계곡을 훑어 내리고 있었다. 만해 한용운도 저 물소리 들으며 「님의 침묵」을 썼을 거라고 생각하니 가슴이 뭉클했다. 그러다 또 문득 전 대통령 역시 깊은 밤 저 물소리에 잠 못 들었을 거라고 생각하니 마음이 편치 않았다. 부처는 그저 인간을 어리석은 중생이라고 했으니.

백담사에서 머리를 깎은 만해는 일제 강점기에 조선총독부의 어용단체인 삼십일 본산 주지회의에서 "똥보다, 송장보다 더 더러운 게 삼십일 본산 주지 네놈들이다." 라고 외쳤다. 권력자든 부자든 그들 앞에서 터럭만한 동요도 없어야 하는 게 출가한 사문의 기상이라는 주장이었다. 지금 만해가 살아 있다면 전 대통령을 보고 무어라고 했을까. 불당에서 걸어 나오는 후배 스님들의 참 마음 속에는 무엇이 들어있을까.

눈을 돌리자 절 입구에 많은 돌탑들이 보였다. 산 넘고 물 건너 여기까지 온 사람들이 간절한 염원을 담아 쌓아 올린 탑들이리라. 높고 낮은 탑들은 즈네들끼리 몸을 맞대어 사이좋게 마을을 이루고 있었다. 장마가 와서 무너져도 누군가가 쌓고 또 쌓아서 그리된 모양이었다. 나도 그 작고 초라한 돌탑 위에 못난 돌 하나를 얹기 위해 걸음을 뗐다.

칼

조폭과 주부의 공통점은 '칼을 쓴다.' 라는 얘기가 있다. 주부도 조폭처럼 칼을 항상 몸에 지녀야 한다는 뜻일까.

한여름의 사지寺地 답사는 고행이었다. 무슨 연유에서인지 절은 사라지고 없는, 절이 있었던 빈 터를 찾아다니는 모임이었다. 아무 것도 없는 황량한 빈 터를 뙤약볕을 무릅쓰고 휘젓고 다니는 일이라니!

유적이란 것이 원래 아는 만큼 보이는 것이라 나 같은 문외한은 보자기만한 그늘에 앉아 전문가의 설명을 듣는 둥 마는 둥 하고 있던 참이었다. 길 가 한켠에서 참외를 팔고 있는 할머니가 보였다. 반가운 나머지 나는 얼른 한 상자를 샀다. 버스 안에서 회원들과 나누어 먹을 요량이었다.

이동을 위해 버스를 탄 순간 난처한 일이 벌어졌다. 씻을 수도 없고 깎을 수도 없는 참외 하나씩을 배정 받은 회원들은 고맙기는커녕 난감한 표정으로 나를 쳐다보았다. 얼굴에는 이렇게 쓰여 있었다. 이걸 어떻게 먹으라구요? 칼도 없이?

다행히 남자 회원 한 사람이 주머니에서 멕가이버 칼을 꺼냈다. 그걸 본 여자 회원 한 사람이 생각난 듯 가방에서 여행용 과도를 꺼냈다. 사람들이 모두 두 사람에게 박수를 쳤다. 준비성 있고 멋지다고 칭찬이 자자했다. 외양까지 아름다운 두 사람은 솜씨도 좋았다. 작고 조잡한 칼로 참외를 어찌나 빨리 깎아내는지 '세상에 이런 일이' 프로그램에 나가도 충분할 정도로 손이 재발랐다. 그제야 겨우 두어 군데서 참외가 달고 맛있다는 얘기도 나왔다.

차는 달려 휴게소에 이르렀다. 화장실로 가던 중 잡다한 물건들을 파는 곳이 보였다. 나도 여행용 과도나 하나 사 볼까. 집에는 여러 개의 과일칼이 있었다. 독일 칼도 있고, 일본 칼도 있고, 시골 오일장 대장간에서 직접 구입한 토종칼도 있었다.

그러나 집에 아무리 금송아지가 있으면 뭐 하나. 물건이란 합당한 시기와 적절한 장소에 있어야 하는 법이었다. 어쩌면 우리는 조선 여인들이 품속에 은장도를 지닌 것처럼 가방 속에 과도를 넣고 다녀야하는지도 몰랐다. 나는 빨간 손잡이가 달린 예쁜 칼을 하나 샀다.

버스에 오르자 나는 자랑스럽게 새로 산 칼을 꺼냈다. 이 정도면 버스 안의 참외는 나 혼자라도 너끈히 깎을 수 있으리라. 그런데, 아차! 차 안에는 깎을 참외가 없었다. 40명의 회원들이 이미 다 먹어치웠던 것이다. 그러면 나는 이 칼을 어디에 쓰나. 참외도 없는데 뭐하자고 칼을 샀을까.

버스가 부릉부릉 출발 시동을 걸었다. 나는 마치 남의 칼을 훔치기라도 한 것처럼 가방을 열어 칼을 얼른 집어넣었다.

눈물샘

언제부터인가 눈〔眼〕이 조금씩 불편해지기 시작했다. 눈 속의 물기가 말라버린 것일까. 눈이 뻑뻑하고 서걱거리는 품이 수상쩍기 짝이 없다. 안과에 갔더니 의사는 별일 아니라며 인공눈물을 하나 처방해 준다. 눈물샘의 밸런스에 문제가 있어 보이니 불편할 때마다 한 방울씩 넣어주라는 설명이다.

눈물샘이라고? 나는 내심 놀랐다. 내 몸 어딘가에 샘이 하나 숨어 있는 것을 잊고 있었던 것이다. 그것은 아마 내가 이 세상에 태어난 순간부터 작동되기 시작했을 것이다. 세상을 향해 나의 존재를 소리쳐 알리던 그 순간부터. 그리고 내가 살아온 동안 나의 온 감성의 창구가 되어 기쁨과 슬픔을 퍼 올리고 있었을 터이다.

　여중시절이었던가. 어느 오월 나는 친구와 라일락 그늘 밑에 앉아 있었다. 이런저런 일상적인 이야기 중에 바람이 불었는지 보랏빛 라일락 꽃잎 하나가 그녀의 눈 위에 살풋 내려앉았다. 떼 어내려고 내가 손을 뻗는 순간 그녀의 손이 먼저 눈을 잠깐 스치 는가 싶더니 눈물이 고이기 시작했다. 방어적으로 눈을 비벼 그 리 되었을 것이나 그것이 나의 눈물샘을 자극했던 모양이었다. 우리는 서로 손을 잡고 꽃그늘 아래에서 잠시 눈물을 흘렸다. 아 직 아무 것도 시작하지 않은 꽃다운 나이에 무엇이 그리 슬펐던 것일까. 라일락이, 오월이, 사춘기 소녀의 가슴을 두드렸을까.

　아니다, 내가 정작 슬픔을 알았을 때는 눈물샘이 아예 닫혀버 렸을 때다. 이른 봄 남편을 산에 묻고 돌아와 욕실에서 몸을 던 져 울고 난 후였다. 더 이상 우는 것마저도 불가능하게 지쳤을 때 문득 거울을 보니 그 속에 내가 없었다. 나는 분명 거울 앞에 서 있는데 거울은 텅 비어 있었다. 눈이 보이지 않게 된 것이었 다. 눈앞이 캄캄해져 버린 것이었다.

　119가 오고 응급실에 실려 갔을 때 의사가 말했다.

　"일시적 현상입니다. 푹 쉬고 안정을 취하면 좋아질 것입니 다."

돌아서는 그의 눈에 눈물이 언뜻 비쳤다. 그는 세상을 떠난 남편의 후배였던 것이다. 어린 것들과 함께 섬처럼 남겨진 데서 오는 엄청난 스트레스가 일시적으로 눈을 멀게 했다는 설명이었다. 그가 나의 손을 무겁게 잡았다.

"눈이 마음의 창이거든요. 마음이 캄캄해져서 그래요, 마음이."

그도 아니다, 슬픔이 대수던가. 눈이 서서히 짓물러가는 아픔도 있었다. 슬픔보다 지독한 아픔이다. 눈물샘이 차마 닫힐 줄 모르는 현상이다.

전쟁 통에 딸과 헤어진 시어머니의 머리맡에는 낡은 인형 하나가 놓여 있었다. 죽었는지 살았는지 행방조차 묘연한 딸의 모습을 대신한 인형이다. 당시 딸의 나이 아홉 살이었다던가. 인형은 한복을 입고 머리를 땋아 늘였다. 어머님은 매일같이 인형을 씻기고 닦지만 옷과 머리 모양은 바꾸지 않는다. 인형은 어머님의 눈과 손이 닿는 곳에서 철없이 방긋 웃고 있다. 지금쯤은 칠순을 넘겼을 나이다.

언젠가부터 어머님의 눈이 짓무르는 증상을 보이기 시작했다. 눈물샘이 닫히지 않아 시도 때도 없이 눈물이 나기 때문이었다. 식사를 할 때도 TV를 볼 때도 어머님은 손수건으로 쉼 없이 눈가를 찍어냈다. 의사인 아들이 먹는 약과 바르는 약을 처방해 오지만 어머님은 관심이 없는 듯 했다.

어미는 잘못된 자식을 가슴에 묻는다고 했던가. 젊었을 때는 사는 일에 바빠 순간순간 잊기도 했지만 구순이 넘고 거동이 불편하니 한시도 딸 생각을 떨쳐 버릴 수가 없는 모양이었다. 바르는 약이 부위에 미처 스며들기도 전에 흐르는 눈물의 짠 성분이 눈가를 다시 헤집어 놓았다. 핏발이 서고 짓무르는 악순환이 되풀이되고 있었다.

드디어 어머님이 세상을 등지게 된 날, 어머님은 아들에게 곱게 싼 보따리를 하나 건넸다. 통일이 되어 혹여 누이를 만나는 날이 오면 전해 달라는 편지와 물건들이었다. 아들이 조심조심 보따리를 풀더니 머리맡의 인형도 같이 집어넣었다. 눈이 짓무르도록 보고 또 보아온 낡고 헤진 인형이었다.

모두 아니다, 슬픔이든 아픔이든 그게 뭐 대수던가. 모든 것은 다 지나가게 되어 있다. 세상에 영원한 것이 어디 있던가. 시간으로 지워지는 고통은 고통의 얼굴을 한 삶의 파편일 뿐이다. 시간만이 위대하다.

"눈물샘 근처에 다래끼가 났네. 금방 괜찮아질거야."

이번에는 손자가 눈이 아프다고 해 병원으로 데려갔다. 의사는 제 자리에서 문제의 다래끼를 간단히 제거했다. 눈 속에 모래가 들어간 것 같다고 떼를 쓴 건 어리광이었던 모양이다. 그 말에 나까지 놀라 사막 속을 헤맨 것 또한 엄살이었으리라.

아이를 데리고 밖을 나서니 거짓말처럼 눈이 다 나았다고 좋아한다. 그래야지. 이제 겨우 다섯 살이니까. 세월이 흘러 스무 살이 되고 서른 살이 되면 다래끼 따위는 생기지 않을 것이다. 더 큰 슬픔과 아픔이 기다리고 있을 것이기 때문이다.
걸으면서 잠깐 핸드백에서 인공눈물을 꺼내 한 방울 떨어뜨린다. 이제 나의 눈물샘은 안녕하신가.

혼

살다보면 보이지 않는 어떤 힘에 몸을 맡길 때가 있다. 뉴튼은
사과나무에 달린 사과가 땅에 떨어지는 것은 만유인력 때문이라
고 했지만 사람과 물체 사이에도 서로 잡아당기는 힘이 있는 것
이 아닐까. 나는 지금 그 강렬한 끌림에 사로잡히고 말았다. 가
산可山 이효석 선생의 공원에서다.

공원은 1,300여 평으로 자그마하고 평범하다. 선생의 동상, 문
학비 등이 있는 조형광장과 대표작「메밀꽃 필 무렵」에 등장하
는 장터, 물레방아 등이 놓여 있는 정도이다. 그러나 준공한 지
10여 년에 이르는 동안 공원 곳곳에 선생의 숨결이 배어 있어 쉽
게 자리를 뜰 수 없는 매력이 있다.

나의 눈이 꽂힌 것은 선생의 동상이다. 소나무를 배경으로 책상 앞에 앉아 글을 쓰고 있는 모습이다. 머리는 올백으로 넘기고 안경을 썼다. 깡마르고 지적인 인상이다. 조형예술에 문외한이라 작품성을 논할 처지는 못 된다. 그러나 동상 앞에 선 순간 나는 빨려들듯이 선생의 혼을 느꼈다. 1907년에 태어나 1942년에 타계했으니 고작 35년을 산 셈이다. 그렇게 빨리 떠나려고 사력을 다해 글을 쓰고 식솔을 거느리고 투병생활을 했던가.

나는 그의 삶을 주목한다. 당시의 예술인의 삶은 굴곡과 갈등 자체였을 것이다. 봉평에서 태어났으나 그의 삶은 정작 시골과는 거리가 멀었다고 한다. 대학에서는 영문학을 전공했고, 서양 영화를 즐겨 보았다. 외국에서 온 가수나 무용단의 공연을 보며 넋을 잃기도 했던 도시인의 삶이었다. 그 시절 조선은 일제 치하가 아니었던가. 사회는 혼탁하고 미래는 암담했다. 그의 작품 대부분이 생활과는 다르게 자연과의 교감을 주제로 한 것이고 보면 한 인간의 내면이 지닐 수 있는 향토성과 서구성의 공존에는 아무런 괴리도 없었을까.

장터 쪽에서 시끌벅적한 소리가 들린다. 축제기간을 맞아 농악놀이패가 등장한 모양이다. 얽둑빼기 상판을 한 허생원이 북을 잡았다. 뒷머리 꽁지를 늘인 동이는 징을 들었다. 머리를 뒤로 빗어 넘긴 조선달은 꽹과리를 치고 입술연지를 붉게 칠한 충주댁은 장고를 메었다.

'둥, 두웅~' 북소리에 맞춰 징과 꽹과리와 장고가 소리를 불러들이기 시작한다. 달이 밝다. 천지가 메밀밭이다. 물방앗간에서의 하룻밤. 이별, 그리고 동이. 북이 '둥, 둥, 둥' 소리의 기둥을 세우니 충주댁과 동이가 서로를 희롱하며 노닥거린다. 조선달이 꽹과리로 호들갑을 떠는 가운데 북소리도 끼어들어 흥을 돋운다.

장면이 바뀌는지 북이 다시 낮은 소리로 '둥, 두웅~' 신호를 보낸다. 달밤이다. 천지가 하얀 메밀꽃이다. 밤길을 도와 세 사람이 길을 떠나고 있다. 허생원과 조선달과 동이가 호흡을 맞춘다. 장고가 수다스럽게 채를 휘둘러 나귀의 울음소리를 내다가 음을 잘게 부수어 달빛을 표현한다. 북이 은근히 소리를 낮추어 달빛을 보듬는다.

> 밤중을 지난 무렵인지 죽은 듯이 고요한 속에서 짐승 같은 달의 숨소리가 손에 잡힐 듯이 들리며…, 산허리는 온통 메밀밭이어서 피기 시작한 꽃이 소금을 뿌린 듯이 흐뭇한 달빛에 숨이 막힐 지경이다.

걸음을 재촉해 메밀밭으로 향한다. 허생원이 성서방네 처녀와 하룻밤을 보냈다는 물방앗간을 지난다. 동이가 허생원을 업고 건넌 개울이 보인다. 동이는 물속에서 허생원을 해깝게 업었고 허생원은 아들 등에 좀 더 업히고 싶었다는 바로 그 홍정천이다. 지금은 돌다리, 나무다리, 섶다리를 만들어 놓았다. 연인들이 손을 잡고 건너는 모습이 아름답다.

3,000여 평의 산자락은 온통 메밀밭이다. 붉은 대궁은 자잘한 꽃들을 달고 하늘을 향해 뻗어있다. 가르마처럼 난 길을 따라 메밀밭 속을 걸어본다. 멀리서 보아 흰 꽃만 있는 줄 알았더니 드문드문 분홍색과 붉은색이 있기도 하다. 잎은 하트 모양의 삼각형이다.

허생원과 동이의 인연은 달빛에 젖은 메밀밭에서 시작되었다. 허생원이 밤중에 물방앗간에서 울고 있는 처녀를 만난 것도, 동이가 자기를 닮아 왼손잡이임을 알아본 것도 사방이 흰 꽃 천지인 메밀밭 때문이었다. 메밀의 덕목 또한 강인한 생명력이 아니던가. 반평생을 장돌뱅이로 돌아다닌 쓸쓸하고 뒤틀린 허생원의 인생이 바로 척박한 환경에서도 잘 자라는 메밀의 속성이리라.

다시 돌아온 가산공원에는 미처 못 보았던 백양나무 한 그루가 키대로 넘어져 있다. 아마도 어느 여름의 고약한 태풍 때문이었으리라. 아니면 공원 조성 시 거추장스러워 베어버린 나무일 수도 있을 것이다. 수령이 100년은 족히 넘어 보인다.

넘어진 후 한 번도 사람의 손을 안 탄 듯 살아있는 몸통 그대로
의 형태에 머물러 있다. 정령이 보인다고나 할까. 경외감이 느껴
진다고나 할까. 나는 한눈에 나무에게서 산신령처럼 정정한 어
떤 힘을 느꼈다. 죽었으되 죽지 않고 터줏대감처럼 공원을 어우
르고 있지 않은가. 한 마을에서 선생과 함께 고락을 나눈 인연이
었을 것이다.

한 무리의 여학생들이 선생의 동상을 에워싼다. 사진을 찍을
모양이다. 우루루 선생의 뒤에 서기도 하고 더러는 선생의 팔짱
을 끼며 웃는다. 속눈썹이 긴 한 소녀는 선생의 어깨에 머리를
살짝 기댄다. 그들 중 아무도 그것이 동상이라고 생각하는 사람
은 없다. 다가 선 순간 선생의 혼을 만났기 때문이다. 선생은 소
녀들에게 이웃집 아저씨거나 여고시절의 국어선생이다.
소녀들이 떠나자 동이 또래의 한 소년이 선생의 옆에 앉는다.
그는 선생의 팔짱을 끼거나 어깨에 머리를 기대지 않는다. 사내
이기 때문이다. 대신 그는 멀리 산허리쯤에 핀 메밀밭으로 눈을
준다. 흐드러지게 핀 자잘한 흰 꽃에서 허생원의 혼을 보았을까.
달빛이 부서지던 흥정천을 떠올렸을는지도 모르겠다. 그에게 있
어 선생은 곧 허생원임에 틀림없다. 그의 등에는 어느새 늙고 초
라한 허생원이 업혀 있다.

애도

자정이 가까워오자 문상객들이 모두 돌아갔다. 친정아버지의 장례 마지막 날 밤이었다. 내일 아침 일찍 산소를 가게 된 데다 형제들이 다 모인 자리라 잠들기 전 차라도 한 잔 마시기로 했다. 늦은 밤이어서 갓 말린 우엉차를 내 놓았다. 셋째가 제 찻잔을 들여다보더니,

"누나, 내 차에는 우엉이 적게 들었네. 사심이 작용한 것 같아."

"이를 어째! 되는대로 집어 넣다보니 그리된 모양이다."

"조심해요. 이런 사소한 문제로 테러도 생기고 전쟁도 일어나는 거라니까."

"좀 봐 줘. 저 우엉 통째로 너 다 줄게."

"아유! 농담이야, 농담! 누나도!"

그는 과한 몸짓으로 너털웃음을 지었지만 나는 그의 수려한 얼굴 위로 언뜻 스치는 그늘 한 자락을 보고야 말았다.

형제가 많다 보면 상대적으로 서운한 사람이 생기기 마련이다. 어느 조직에서나 3%의 앞선 자와 그만큼의 밀린 자가 있는 것과 같은 이치다. 가정이 그러하고 사회가 그러하고 시대가 그러하다. 우리 집에서는 셋째가 그랬다. 5남매 중 딱 중간, 아들 셋 중에서도 둘째 아들이었다. 맏이라서, 몸이 약해서, 애교가 많아서, 공부를 잘 해서 부모의 사랑을 차지하는 형제들 사이에 끼어 그는 늘 관심 밖으로 밀려나 있었다.

형하고 다투면 건방지게 형한테 대어든다고 혼나고, 동생을 때리면 형이 돼서 동생 하나 건사 못한다고 쥐어 박혔다. 맞고 오면 사내자식이 못나게 맞고 다닌다고 야단맞고, 때리고 오면 커서 뭐 되려고 어린 것이 주먹부터 쓰느냐고 핀잔을 들었다. 운동회에서 달리기 일등을 해 와도, 초등 6년 개근상을 타 와도 칭찬해 주는 사람이 없었다. 이미 다른 누군가가 돋보이는 항목으로 부모의 관심을 끌었기 때문이었다.

군 입대를 위한 신체검사에서 형과 달리 일급 판정을 받았을 때 동생은 엄마가 자기한테는 한 번도 보약을 챙겨 준 적이 없었다고 말해 식구들을 민망하게 했다. 그랬다. 그는 건강했기 때문에 보약을 챙겨 먹이지 않았고, 평범했기 때문에 공부를 닦달하지 않았던 것이 사실이었다.

군대에 있을 때도 마찬가지였다. 맏이는 처음이라서, 막내는 몸이 약해서 온 가족이 음식을 싸들고 면회를 갔지만 둘째는 그마저 하지 않았다. 최전방에서도 늘 잘 있다고만 하여 우리 모두 그러려니 하고 말았다. 우리는 그를 믿었고, 걱정하지 않았다. 편지마다 지낼만하다고 하니까 그러려니 했다, 어느 여름 그 사건이 있기 전까지는.

군에서 연락이 와서 부모와 내가 달려갔을 때는 사건이 종지부를 찍은 뒤였다. 평소 폭력적인 헌병에 욱하여 주먹을 휘둘렀던 것이었는데, 부대 내에서는 동생에 대한 중징계로 공포분위기가 조성되고 있었다. 설상가상으로 예기치 못한 일이 발생했다. 쥐구멍에라도 들어가고 싶은 몰골을 한 아들을 본 아버지가 다짜고짜 따귀를 후려치고 말았던 것이었다. 전날 밤을 꼬박 새운 아버지의 걱정이 왜 그런 식으로 분출되었는지 나 또한 이해하기 어려운 순간이었다.

동생은 죄인처럼 고개를 떨구었지만 나는 그의 일그러진 얼굴에서 숨겨진 분노를 보았다. 이등병이었던 그가 상사에게 대들었을 때는 그로서도 할 말이 많았을 터였다. 그러나 그는 가족인 우리에게조차 아무것도 털어놓으려 하지 않았다. 뺨을 맞는 순간 작정한 듯 입을 닫았고, 눈을 맞추려 들지도 않았다. 오히려 우리가 빨리 돌아가 주기를 바라는 눈치였다.

무거운 침묵 끝에 그가 등을 돌렸을 때 나는 그의 각진 어깨가 세상을 향한 분노와 증오로 뭉쳐져 있음을 느꼈다. 그것은 오랜 세월 마음속 깊은 곳에 짐승처럼 몸을 웅크려 호시탐탐 포효할 때를 노려 왔음에 틀림없었다. 그는 이 세상 그 누구도 제 편이 될 수 없다고 단정 짓고 있었다. 어쩌면 스스로 마음의 문을 닫아 자기 속에 갇혀 버렸는지도 몰랐다. 우리가 다시 면회를 갔을 때는 가족으로부터도 자취를 감춘 뒤였다. 월남 파병을 자원했던 것이었다.

군 복무를 마친 동생이 가족의 품으로 돌아왔을 때는 씩씩한 청년이 되어 있었다. 그는 그 동안 자신의 상처를 건강하게 다스려왔음에 틀림없었다. 몸속 깊이 똬리를 틀고 있었던 폭력성마저도 곰삭고 발효되어 사내다운 에너지로 승화된 것 같았다. 나는 동생이 성숙한 감성으로 그를 향한 아버지의 빗나간 사랑을 이해해 주기 바랐다. 인간의 내면에는 당사자가 감당할 수 없어 회피한 감정덩어리들이 무의식층을 이루고 있다지만 그 또한 사랑의 다른 얼굴이 아니던가.

우엉차를 마신 형제들이 장례식장에 얼기설기 누워 잠을 청했다. 꿈인 듯 생시인 듯 신음소리에 눈을 떴다. 희미하게 새벽이 밝아오는 중에 어둠을 등진 남자의 모습이 보였다. 동생이었다. 그는 아버지의 영정 사진 앞에 붙박이처럼 꿇어앉아 있었다. 밤을 꼬박 밝혔음이 틀림없었다. 동생은 울고 있었다. 아니, 그것은 울음이 아니었다. 덩치 큰 짐승이 온몸으로 토해내는 신음소리였다.

"아버지"

동생이 통곡을 삼켰다. 대신 어깨가 심하게 흔들렸다. 나는 그가 아버지의 애도를 통해 자신을 애도하고 있음을 알았다. 또한 그 아픈 의식을 통해 망자와 화해하고 있음도 알았다. 얼마나 먼 길을 돌아왔던가. 미움과 분노. 사랑과 절망. 아픔과 상처. 나도 그의 등 뒤에서 두 손으로 입을 틀어막았다. 창이 밝아오고 있었다.

남이섬에서

여행이란 것이 꼭 좋은 날씨에만 떠나고 싶은 것은 아니다. 초여름, 비 내리고 바람도 불고 날씨마저도 음산한데 청평 남이섬을 찾았다. 남이섬은 일차적으로 지역이 주는 새로운 경관이나 풍물에 취하다가도 결국은 '사람'으로 눈을 돌리게 되는 대표적인 곳이다. 옛 사람과 지금의 사람이 시공을 뛰어넘어 손을 잡고 등이라도 두드리고 있는 듯한 곳이 바로 남이섬이다.

우선 남이섬에는 남이南怡 장군이 살고 있다. 남이는 태종 이방원의 넷째 딸의 손자이니 이방원의 외증손이 되는 사람이다. 왕손으로는 드물게 그것도 17세의 나이에 무과에 급제해 '이시애의 반란'을 진압했다. 여진족을 몰아내는데 큰 공을 세워 외삼촌

되는 세조의 총애를 한 몸에 받았던 인물이기도 하다. 26살에 병조판서가 되었으니 세조의 신임과 총애가 어느 정도였는지 알 만하지 않은가?

인물이 출중하면 주변에서 시기하는 사람이 들끓게 마련이다. 당시 세자였던 예종이 바로 그런 사람이다. 예종은 세자시절부터 아버지의 총애를 받는 남이 장군을 좋아하지 않았다. 남이 장군 또한 어릴 때부터 기가 센 편이라 궁중에 드나들며 사촌 간이었던 세자와 자주 싸웠다고 한다.

남이가 병조판서가 되던 그 이듬해 그를 총애하던 세조가 죽고 예종이 즉위하는데서 비극은 시작된다. 두 사람 사이가 좋지 않다는 것을 잘 알고 있었던 천하의 간신 유자광이 새 임금의 신임을 받고자 남이 장군을 헐뜯기 시작한 것이다. 남이 장군이 이시애의 난을 평정하고 회군할 때 지은 시詩가 발단이 되었다.

白頭山石摩刀盡　백두산 돌은 칼 갈아 다하고,
頭滿江水飮馬無　두만강 물은 말 먹여 없애리.
男兒二十未平國　남아 스물에 나라를 평정치 못하면,
後世誰稱大丈夫　후세에 그 누가 대장부라 하리오.

희대의 간신 유자광은 남이가 지은 시구 중 '나라를 평정하지 못하면'이라는 '未平國'을 '나라를 얻지 못하면'이라는 '未得國'으로 고쳐 예종의 마음을 흔들었다. 남이는 곧 역적으로 몰려 참혹한 죽음을 당했다. 예종은 세조가 죽자 19세의 나이로 즉위하여 20세에 죽었는데 1년도 채 안 되는 치세기간 동안 제일 먼저 처리 한 일이 유자광의 계략에 빠져 남이 장군을 역모로 다스린 일이었다. 그러나 그 자신 또한 남이가 죽은 이듬해에 급사하니 어릴 때부터 반목하던 사촌이 저승까지 따라가 싸울 운명이었던 모양이다.

그로부터 600여 년이 지난 2006년 3월 1일. 50대 초반의 산업디자이너 강우현은 남이섬을 '나미나라공화국'으로 선포했다. '나미나라공화국'은 꿈과 동화가 있는 이 세상 유일무이한 상상 공화국이다. 그는 말한다.

나는 하찮은 것이 좋다.
시시한 것은 더욱 좋다.
아무도 관심을 두지 않는 것들.
흘러가는 바람에 뒹구는 낙엽조각 같은 것.
빈 소주병 속에 몰래 숨어있는 부러진 이쑤시개 같은 것.
누군가를 이유 없이 골려주고 싶은 어린애 같은 장난 끼 같은 것.

그 '시시함과 하찮음'이 나미나라공화국의 입장권이라고 그
는 말한다.

강우현의 반란은 21세기 문화코드가 되었다. 13만 평 부지를
일구어 '세계 책나라축제'를 개최하는가 하면 남이장군을 기려
100인의 장군상을 세웠다. 전시관, 공연장, 문화체험관 뿐 아니
라 공예원, 환경학교, 허브나라까지 상상 가능한 모든 문화시설
이 예쁘고 세련되게 디자인되어 있다. 북한강에 떠 있는 반달 같
은 남이섬이 과거와 현재를 잇는 다리가 된 것이다.

"싫어! 남들이 보면 어떡해."

2010년의 남이섬에는 연인들이 있다. 영화 「겨울 나그네」이후
드라마, CF 촬영지로도 인기가 높아서 가는 곳마다 추억과 스토
리가 숨 쉰다. 백자작나무가 늘어선 길은 드라마 주인공이 첫 키
스를 나누었던 곳이라 한다. 남자친구에게 어깨를 잡힌 아가씨
가 주위를 돌아보며 얼굴을 붉히고 있다.

"자전거다 ! 우리 자전거 타자."

도깨비 성 옆에서 10대의 연인들은 2인용 자전거에 올라타고
있다. 4인용 자전거를 탄 젊은 가족이 손을 흔들며 지나간다.

신혼으로 보이는 젊은 부부 몇 명은 메타스퀘어로 조성된 숲
길을 거닐고 있다. 중년부부 두어 쌍이 잣나무가 빼곡히 늘어선

흙길을 걸으며 자연을 만끽하는 중이다.

"스미마생가. (죄송합니다만)"

카메라를 내밀며 사진을 부탁하는 팀은 일본에서 온 젊은이들이다. 바람도 불고 가랑비까지 내리는데 손에는 아이스크림을 하나씩 들고 있다. 욘사마 조각품을 둘러싸고 서로 예쁘게 찍히려고 요란을 떤다. 소녀들은 연신 머리모양에 손이 가고 소년들은 입이 함지박처럼 벌어져 있다.

"아리가또 고자이마스. (고맙습니다)"

카메라를 넘겨주다가 문득 짓궂은 생각이 스쳐간다. 남이 장군을 아느냐고 더듬더듬 물어본다. 아는 사람이 아무도 없다. 고개를 연신 갸웃거리며 서로의 얼굴을 바라볼 뿐이다. 소년 하나가 영화배우냐고 묻는다. 나는 웃고 순순히 카메라를 돌려준다.

나미나라공화국에도 황혼이 깃들기 시작한다. 비는 그쳤지만 바람은 여전하다. 선착장으로 발을 옮기는 사람들의 걸음이 빨라진다. 자전거 팀과 산책 팀들이 손을 들어 아는 체를 한다. 일본팀들은 아이스크림을 다 먹은 모양이다. 젊은이들의 입가에 묻은 아이스크림 자국이 미소를 짓게 한다. 키스팀은 성공했을까. 쟈켓을 벗어 바람을 막으며 급하게 뛰어오고 있다.

배가 도착한 모양이다. 줄을 서다 눈을 들어 장군 묘를 바라본다. '未平國, 未得國'이 목숨을 걸 일이었을까. 피를 나눈 사촌 지간이 남보다 못했던가. 관리사무소 쪽에서 강우현이 손을 흔들고 있다. 이쪽에서도 손을 힘껏 흔들어 보인다.

남이섬에서 하루를 마무리한 사람들이 배에 오르기 시작한다.

죽순

울산 태화강 둔치를 거닐다가 입이 딱 벌어졌다. 대나무 숲길 때문이었다. 숲길은 무려 십 리나 이어져 있었다. 하늘을 찌를 듯한 대나무의 숲길이 십 리나 뻗어 있다니!

십리대밭은 일제강점기 때 큰 홍수로 태화강변의 논밭이 백사장으로 변하자 한 일본인이 이를 헐값에 사들여 대밭으로 조성한 거라고 한다. 지금은 국유지가 된 대숲의 안쪽은 깊이를 알 수 없는 굴속과도 같다. 숲을 끼고 곧게 난 길을 따라 걸으면 한여름에도 서늘한 기운이 도는데, 뿌리 쪽에서 난 죽순이 기세 좋게 인도를 향해 뻗어 나오고 있다. 우후죽순이라더니 요 며칠 내린 비 때문인가 보다.

곳곳에 세워 놓은 '죽순 채취 금지' 팻말을 읽다 보니 까마득히 잊고 있었던 기억 하나가 떠올랐다. 신혼 때였다. 집안끼리 왕래가 잦은데다 결혼 전에는 남편과 혼담까지 있었다는 여인이 집으로 찾아왔다. 여자고등학교의 가정 선생이라는 그녀는 시어머니에 시할머니까지 모시고 사는 나의 신혼집에 들어서자마자 친척 집에라도 온 듯 스스럼없이 선물 보따리를 풀어 놓았다. 죽순이었다. 나는 좀 의아했다. 상식적으로 신혼집에는 과일이나 케이크가 무난할 것이다. 죽순이라면 전문 요릿집이나 술집 같은 데서나 쓰이는 식재료가 아닌가. 더구나 나는 그녀와는 달리 대학졸업과 동시에 시집을 온 풋내기로서 죽순 요리는 해 보지도, 먹어 보지도 못한 형편이었다.

"지금이 죽순 철이라서요. 연하고 향이 좋아 조금 사 와 봤어요."

어머니에게인지 남편에게인지 교태 섞인 표정으로 말한 그녀는 엉거주춤 서 있는 나를 향해

"죽순 볶음 해 보셨죠? 술안주로 일품인데~. 제가 도와 드릴까요?"

부엌에서는 희한한 광경이 펼쳐졌다. 도마와 칼과 불을 장악한 그녀는 오래된 안주인처럼 분주하게 죽순을 다루는데 정작 주부인 나는 손님처럼 그녀의 왼쪽에 서 있다가 오른 쪽에 서 있

다가 했다. 그 모습을 본 시어머니와 남편의 난감해하는 표정에서 나는 그녀가 왜 찾아왔는지를 짐작할 수 있었다. 확인하고 싶었던 것이었다. 나보다 자신이 훨씬 세련되고 음식솜씨까지 좋은 여자라는 것을. 자신이 남편을 놓친 것이 아니라 남편이 자신을 놓친 것이라는 사실을. 그녀는 직접 그것을 확인하고, 남편에게도 각인시키고 싶었던 모양이었다.

그녀가 왜 그토록 헤어진 남자의 신혼생활을 눈으로 직접 보고 싶어했는지는 정신분석가 라캉이 설명한다. 라캉은 오래 전부터 '인간은 금지된 것을 욕망한다.' 고 주장해 왔다. 우리는 누구나 마음속 깊이 천형과도 같은 욕망 덩어리를 끌어안고 있다. 작은 구멍이 뚫려 있는 어느 공사장 외벽에 '들여다보지 마시오' 란 문구가 적혀 있을 때 '들여다보지 말라고 하니 보지 말아야지' 라며 가볍게 돌아서는 사람은 많지 않다. 들여다보는 것을 금지했기 때문에 더욱 보고 싶다는 욕망이 우리를 사로잡는다. 나에게서 비롯되었으나 나조차도 어쩔 수 없는, 탕아처럼 밖으로 나도는 욕망이다. 떠난 남자에 대한 그녀의 욕망 또한 그가 딴 여자의 남자가 된 순간 꿈틀거리기 시작했는지도 모를 일이다. 그녀는 어쩌면 외벽 구멍을 통해 금지된 것에 대한 자신의 욕망을 들여다 본 것이 아닐까.

그 날의 선물이 하필이면 죽순이었던 것도 우연이 아닐 터이다. 죽순은 대나무에서 나온 욕망의 결과물이다. 대竹에서 나왔으되 결코 대竹의 제재를 받지 않는 것이 죽순이다. 그것은 휘어지지도, 접혀지지도, 말아지지도 않는다. 호시탐탐 대나무로부터 멀리, 제 갈 길로 뻗어 나간다. 비라도 오면 반란의 기세는 배가 된다. 담합이라도 한듯 한 뼘씩이나 땅 위로 불쑥불쑥 솟아오른다.

사람들은 이 틈을 놓치지 않고 어린 죽순을 채취하여 도시의 식당으로 팔아넘긴다. '죽순 채취 금지' 팻말은 역설적으로 빈번한 불법 채취를 증명하는 것이다. 팔려 나간 죽순은 주로 중국요리에 많이 쓰인다. 자체의 맛이 있는 듯도 하고 없는 듯도 한 그것은 탕의 경우 톱니 모양으로 나붓나붓 썰어져 국물 맛에 기여한다. 볶음이나 무침에서는 은근히 자신을 과시하며 자기 존재를 증명하기도 한다. 주연이면서 대체로 조연이고, 조연인가 하면 때로는 주연이다. 우리 안의 욕망이 그러하듯이.

날이 저물자 태화강은 일제히 불을 밝히기 시작한다. 어린 죽순이 숨 쉬는 대숲에도 곳곳에 상향등이 켜진다. 드문드문 놓인 벤치에서는 연인들의 시간이 머무는데 눈을 들면 멀리 강을 가로 지른 다리가 보인다. 낮 동안은 나룻배도 움직였던 모양으로 뱃삯과 시간 안내판도 눈에 띈다.

이제 대숲도 밤의 얼굴을 보여주기 시작한다. 숲은 마치 고대와 중세를 거슬러 온 듯 아득하다. 그것은 이미 도시와 강을 벗어나 먼 곳에 닿아 있다. 강 너머에서는 최신식 회전 레스토랑이 불빛을 반짝이며 유혹하는데, 숲은 고단한 몸을 누이며 휴면을 준비하고 있다.

나는 어디에

먼 길 떠나는 해외여행에 죽이 맞는 친구가 있다는 건 행운이다. 우리는 올해 분수에 넘치는 북유럽 여행을 계획하기에 이르렀다. 육로와 크루즈를 겸한 힘든 여정이었다.

크루즈는 덴마크에서 노르웨이로 갈 때 이용했다. 14만 톤에 이르는 리갈 프린세스호였다. 대형극장, 카지노, 나이트클럽, 면세점, 피트니스 센터 등 최신 부대시설을 두루 갖춘 배는 마치 바다 위에 떠 있는 거대한 호텔 같았다. 배를 탔으되 흔들림이 없어 호텔 객실에 앉아있는 것처럼 편안했다.

우리의 숙소는 6층 오션뷰였다. 커튼을 여니 발트해가 한눈에 들어왔다. 백야현상으로 밤 10시가 되어도 밖은 대낮처럼 환했다. 우리는 온 종일 코펜하겐을 누빈 여독으로 샤워가 끝나자 바로 잠에 떨어졌다.

얼마나 잤을까, 누가 먼저인지 모르게 함께 눈을 떴다. 많이 잔 것 같은데 겨우 오전 두 시 반이었다. 커튼을 여니 새로운 세상이 보였다. 바다가 벌겋게 해를 품고 있었다. 여명을 준비하고 있는 것이었다. 바다는 물이라기보다는 거대한 짐승 같았다. 수면 깊숙이에서 붉은 해가 용트림을 하듯 뒤척였다. 용트림은 서서히 산 쪽으로 물러갔다. 이제는 산이 해를 받아 안을 모양이었다. 마침내 수평선이 띠를 두르기 시작하자 우리는 참았던 숨을 한꺼번에 토해냈다.

"커피 한잔하자."

빈속에 마시는 커피는 썼다. 그러나 우리는 손에서 놓지 못했다. 어스름한 새벽이 얼굴을 드러내자 바다 위에 떠 있는 몇 척의 배가 보였다. 배를 향해 내가 목을 길게 뽑았다.

"우리 배는 어디 있는 거야?"

친구가 웃음을 터뜨리다 마시던 커피를 쏟고 말았다.

"지금 여기 타고 있잖아!"

그러니까 나는 배 안에서 배를 찾은 셈이다. 배가 커서 착각이었을 거라는 생각은 핑계에 불과하다. 안이함에 속아 잠시 혼란이 왔다는 것도 변명일 따름이다. 그 순간 잃은 것이 어찌 배 뿐일까. 배 안의 나까지도 놓아버린 것이 아닐까.

　나는 종종 나를 잃는다. 어렸을 때는 심약하여 나를 추스리지 못했고, 자라서는 무모하여 나를 망각했다. 어른이 되어서는 아예 길들여진 짐승처럼 자신을 포기했다. 살림하며 늦은 나이까지 직장 생활을 하는 여자는 존재 자체가 유령에 가까웠다. 꼬깃꼬깃 나를 숨기느라 급급했고, 상황에 나를 끼워 맞추느라 전전 긍긍했다. 어쩌다 내 눈 앞에 내가 어른거리기라도 하면 황급히 나를 치우기에 바빴다. 마침내 내 눈에도 내가 보이지 않고서야 비로소 나는 안심했다.

　난감한 것은 그것이 완벽하지 않은 데 있었다. 비 온 뒤 새싹이 돋아나듯, 불탄 자리에 진달래가 피어나듯 내 안의 나는 예고도 없이 풀잎처럼 일어났다. 어느 날 모교의 음악대학 앞을 지나게 되었다. 강당에서는 오페라 「라 트라비아타」를 연습하고 있었다. 소프라노가 '오, 당신이었군요'를 부르고 있었다. 나는 그 자리에서 장승이 되어 노래에 귀를 기울였다. 대학시절 교양수업으로 「오페라의 이해」를 들었을 때 음악감독을 겸하고 있던 교수님이 사는 동안 어렵더라도 감성이 녹슬지 않게 살라던 말씀이 생각났다. 나는 당시 감성으로 부터 한참이나 먼 삶을 살고 있었다.

인디언들의 영혼에 대한 이야기도 생각났다. 그들은 길을 가다가 종종 뒤를 돌아다본다고 했다. 영혼이 자기를 따라오지 못할까봐 걱정이 되어서다. 언젠가부터 나는 나의 영혼을 걱정하지 않고 있었다. 삶에 골몰하여 그것이 어떻게 생겼는지 살필 겨를이 없었다. 네모인지 세모인지도 기억나지 않았다. 나처럼 구차한 삶에 영혼을 파는 사람을 인디언들이 보면 뭐라고 할까. 눈물이 하염없이 흘러내렸다.

여행 일정이 끝나 돌아오는 비행기 안에서는 입국 신고서를 쓰게 되었다. 이름, 직업, 여행 목적 등 영어로 된 양식이었다. 우리는 킥킥거리며 가까스로 양식을 작성했다. 오랜만에 쓰는 영어라 착오가 있을까봐 조심했다.

입국장에서 우리는 그것이 얼마나 웃기는 일인지를 실감했다. 우리는 내국인이었던 것이다. 한국인이 한국에 들어오는데 영어가 무슨 소용이 있겠는가. 양식은 아마도 외국인을 배려한 것이었나 보았다. 그것도 모르고 경유국을 차례대로 기억해 내느라고심하던 얼간이라니! 나는 새삼 인디언들의 영혼 챙기기를 상기하며, 어쩌면 아직도 북해 어딘가에서 길을 잃고 헤매고 있을 어리석은 나를 부산하게 거두어들였다.

하찮은 것들

"그러니까 네 말은~"

밥숟갈 위에 김치를 찢어 얹으며 상희가 말한다.

"내가 유방암 수술을 앞두고 전화를 몇 번이나 해도 통화가 되다 말고 끊어진 것이 휴대폰이 오래 돼서 그런 것이라고? 그럼 새 걸로 바꾸면 되지 하니까 바꾸다가 혹시라도 내장된 연락처들이 잘못될까봐 알아보는 중이라고?"

사실이었다. 친구 중 하나가 휴대폰을 바꾸는 중 중요한 번호 몇 개가 날아가 버렸다고 낭패해 하는 것을 본 나는 결심을 못하고 차일피일 미루던 중에 상희에게 딱 걸려든 것이었다.

상희는 혼자 살고 있었다. 남편과는 작년에 사별했고, 아들은 혼인하여 따로 살았다. 암수술을 앞두고 겁도 나고 마음도 산란하여 간절히 나를 찾았던 것이었는데, 때 맞춰 휴대폰이 말썽을 부려 민망한 입장이 되었다. 지금은 수술이 끝나 집에 와 있었다. 며느리가 끓여온 곰국으로 점심을 먹는 중이었다.

"그런데 애~"

상희가 호기심에 가득 찬 표정으로 나를 불렀다. 나는 깍두기를 집다 말고 상희를 바라보았다.

"너, 나한테 무슨 비밀 있니?"

비밀이라니? 우리는 무려 50년이나 된 친구였다. 부모도, 형제도 모르는 일을 공유하는 사이였다. 휴대폰에 저장된 연락처에 내가 너무 집착하는 것처럼 보인 게 화근이 된 모양이었다. 예상은 적중했다. 상희가 나의 휴대폰을 손으로 가리켰다.

"저 안에 든 하찮은 연락처들 때문에 휴대폰을 안 바꾸는 것이 이해가 안 돼서 말이지. 네가 무슨 사업을 하는 것도 아니고~"

하찮은 것, 상희의 말이 옳았다. 나는 사업을 하는 사람도 아니고, 국정원이나 민정실에 근무하는 사람도 아니었다. 지극히 평범한, 이 사회에 있으나마나한 소시민으로서 퇴직 후의 여생을 붙잡고 있는 사람이었다. 그런 내게 언제부터 휴대폰의 연락처가 소중해졌을까. 어떡하다 내가 하찮은 것에 집착하게 되었을까.

오래 전 일이 생각났다. 시어머님이 친구들과 해외여행을 계획하실 때 고교동창모임을 애써 챙기시는 게 납득이 되지 않았다. 동창모임이란 건 형편에 따라 갈 수도 있고 못 갈 수도 있는 게 아닌가. 그걸 무슨 학생이 학교 가듯이 여행 날짜까지 조절해 가며 챙기시는지? 내 말을 들은 남편이 복잡해진 얼굴로 대답했다. 외로우신 게지, 뭐. 외로우신 거야.

자식이 부모를 가족이 아닌 한 인간으로 이해하기 시작했을 때 비로소 성숙한 인간이 된다는 말이 생각났다. 남편은 그때 이미 어머님에게는 우리가 하찮게 여기는 고교동창모임이 하찮은 것이 아님을 이해했던 것이었다.

그는 옳았다. 어머님이 구순에 이르러 치매 검사를 받았을 때였다. 의사가 그림을 보여 주며 이것저것 질문했다. 어머님은 심드렁하니 바르게, 또는 틀리게 대답하셨다. 의사가 책을 덮으며 마지막으로 하찮은 질문 하나를 던졌는데 그것이 어머님을 벌떡 일으켰다. 학교는 어디를 나오셨느냐고 물었던 것이었다. 구순의 어머님은 큰 소리로 또박또박 대답하셨다.

"경북여자고등학교! 경북 걸스 하이 스쿨!"

점심 식사를 마치고 상희와 나는 커피를 마주하고 앉았다. 나는 애써 상희의 가슴 쪽으로는 시선을 피했지만 상희는 직접 옷을 벗어 수술 부위를 보여 주었다. 유방 두 개가 절제된 가슴은 폐허와도 같았다. 나는 얼굴을 돌렸다.

"약물 치료로는 어려웠던 모양이지?"

"말도 마라. 수술 안 하려고 내가 얼마나 뻗대었게?"

아들이 마침 유방 외과 전문의였다. 수술 들어가기 전 그 아들과 침 튀는 설전을 벌였는데, 상희가 절제만은 피하고 싶어 했기 때문이었다. 아들은 사진을 보여 주며 유방암 진행 과정을 설명했다. 지금 완전히 들어내지 않으면 빠른 속도로 전이될 수 있음을 어머니에게 이해시키려 애썼다. 그래도 상희는 고집을 부렸다. 유방만은 꼭 지키고 싶었기 때문이었다. 여자에게 있어 유방은 무엇인가. 여자의 근본이고, 아름다움의 상징이며, 어머니의 자부심이 아닌가. 드디어 그 어머니의 젖을 먹고 자란 아들이 소리를 버럭 질렀다.

"어머니. 지금 어머니한테 유방이 무에 필요합니까? 하찮은 것에 집착하여 수술을 거부하면 어쩌자는 겁니까?"

연락처도, 유방도 필요 없는 우리는 커피를 마주하고 한참을 앉아 있었다. 겨울날의 짧은 햇빛이 창 쪽으로 후퇴하고 있었다. 해가 지면 창틈으로는 찬 공기가 밀려들 것이었다, 우리는 서로를 말없이 바라보았다. 물기 걷힌 메마른 얼굴이 사막처럼 거기

있었다. 외로웠다. 쓸쓸했다. 우리 자신이 갑자기 하찮아진 것
같았다.

시간이 얼마나 흘렀을까. 밖이 소란스러우면서 아들네 식구가
들어섰다.

"할머니이~"

손주가 달려와 상희에게 안기려 하자 며느리가 얼른 아이를
말렸다.

"할머니 안 돼. 편찮으셔."

"어머니 좀 어떠세요? 약 드셨어요?"

부산하게 인사를 나누는 틈을 타서 나는 얼른 찻상을 부엌으
로 들고 갔다. 식어버린 커피를 조용히 개수대에 흘려보냈다.

인도양의 침

J.

서울 기온 영하 10도라는 일기예보를 듣고 떠났는데, 이 곳 태국(Kingdom of Tailand)은 영상 30도를 웃돌고 있습니다.

저는 지금 태국의 수도 방콕에서 왕궁을 구경하고 있는 중입니다. 왕궁은 17세기 라마1세가 수도를 방콕으로 옮기면서 지어 대관식도 이곳에서 거행했다고 합니다. 주거를 위한 궁전과 집무실, 왕실 전용 사원과 역대 왕들의 옥좌가 안치된 부속건물들로 이루어져 있습니다. 장대한 규모의 왕궁전체가 태양을 받아 번쩍번쩍 빛이 나는데, 24K 순금으로 칠한 것이라 합니다.

어린 시절 동화책에서 본 마이다스 임금님의 이야기가 생각나는군요. 금을 좋아하는 그 임금님은 자신의 손이 닿는 이 세상 모든 것이 금으로 변해 주기를 기도했다가 사랑하는 왕비도, 공주도, 왕자까지도 황금으로 변하고 말았다지요.

태국은 왕을 국가의 수반으로 하는 입헌군주제 국가로서 국왕이 수상을 임명한다고 합니다. 국민들은 국왕에게 절대적 신뢰와 존경심을 갖고 있지요. 거리마다 상점마다 국왕의 사진이 걸려 있을 뿐 아니라 휴양지에서는 꽃으로 'Long Live for King' 을 새겨 국왕의 만수무강을 빌고 있더군요.

화폐는 물론이고 달력에도, 부채에도 국왕의 사진입니다. 한쪽 눈이 의안이라 대부분의 사진이 측면, 또는 반 측면으로 되어 있습니다. 청년시절 교통사고로 눈을 잃었을 때 위차위라는 스님이 생약과 민간요법으로 꾸준히 치료를 해 주었다고 하는군요. 월요일에는 국왕의 장수를 빌기 위해 '노란셔츠 입기 운동'도 벌인답니다.

30년째 파인애플 농장을 하고 있다는 이곳 농장주인은 가족사진 대신 국왕 가족의 사진을 걸어놓고 있었습니다. 악어 쇼, 코끼리 쇼, 동물원, 식물원에서는 왕의 누님이나 왕비의 웃는 사진이 우리를 맞더군요. 자애로운 모습으로 호랑이를 안고 있는 할머니가 바로 며칠 전 세상을 떠난 국왕의 누님입니다. 시신은 100일 동안 왕실사원에 모셔둔다고 합니다. 당연히 온 국민이 문상을 오고 있지요. 어린 학생, 공무원, 일반 시민들이 검은 색 상복을 입고 줄을 서서 문상하는 모습에서 저는 묘한 느낌을 받았습니다. 그 중 하나는 북한의 김일성 주석이 사망했을 때 패닉 상태에 빠진 주민들의 모습이고, 다른 하나는 그저께 동물원에서 본 호랑이의 모습입니다.

태국은 관광수입이 국가수입의 30%이상으로 동물들까지도 한 몫 하더군요. 호랑이의 경우 돼지의 젖을 먹여 야성을 제거한 후 관광객을 상대로 쇼를 해 보이는데, 유독 한 마리가 말을 듣지 않는 겁니다. 굴렁쇠에다 불을 붙여 그 속을 지나가게 했을 때 다른 놈 다 지나가고 혼자만 남았는데도 어슬렁어슬렁 피하기만 할 뿐이었지요. 어르다가 윽지르다가 먹을 것까지 주어보던 조련사가 드디어 포기하고 말더군요. 이 후 그 호랑이가 어떻게 되었는지는 확인할 길이 없습니다.

O.J. Simson 이랍니다. 그 호랑이의 이름이.

J.

오늘은 파타야입니다. 태국 남쪽 휴양지인데, '별이 쏟아지는 곳' 이라는 뜻을 가지고 있습니다. 휴양지답게 거리도 깨끗하고, 끝이 보이지 않는 해변도 인상적입니다. 이른 아침 인도양의 해변을 한가로이 거닐며 이국의 정취를 느껴봅니다. 간밤의 풋사랑이 못내 아쉬운 듯 벤치에서 키스를 나누는 젊은이가 있는가 하면 다정하게 손잡고 거니는 배불뚝이 중년부부도 있군요.

소년들은 부모를 도와 모래를 정리하고 텐트를 준비합니다. 손님을 받고 돈을 벌어야하기 때문이지요. 맨발의 소녀들도 더러 눈에 띕니다. 술인지 마약인지 취한 모습이군요. 태국의 5S가 무언지 혹 아십니까? Smile(미소), Sea(바다), Sand(모래), Sun(태양), 그리고 Sex(매춘)라고 하더군요. 의무교육을 받아야할 어린 소녀들이 유흥가에서 공공연히 매춘을 하고 있는가 하면 소년들은 호시탐탐 관광객들의 지갑을 노리기도 합니다.

1950년대만 해도 태국은 한국에게 쌀(안남미)을 원조했다고 합니다. 지금은 국민소득 6,000불에 불과하여 27,000불에 육박하는 한국의 눈치를 보고 있는 형편이지요. 연간 200만 명이 넘는 한국관광객이 태국을 찾는다고 하니 놀랍지 않습니까. 호텔마다 유흥가마다 한국인 관광객들이 무리지어 있는 걸 보면 격세지감이 느껴지기도 합니다.

그런가하면 태국국민들의 자존심은 여전히 대단하여 잘못을 해도 '미안하다'는 말을 좀처럼 하지 않는다고 합니다. 오랜 세월 현지에서 생활한 대기업 사원 부인의 에피소드 한 토막.

집에서 고용한 태국인 가정부가 어느 날 부인이 아끼던 골동품을 깨뜨렸다고 합니다. 몹시 화가 난 부인이 야단을 쳤으나

'미안하다'는 말조차 하지 않아 머리통을 한 대 쥐어박았다는
군요.

6개월 후 한국으로 떠나는 날, 공항에서 가정부가 화도 내지
않고 나지막하게 부인에게 말하더랍니다. 그때 당신은 나의 자
존심을 너무나 상하게 했다고. 그래서 나는 매일같이 당신 가족
의 밥그릇에 침을 한 번씩 뱉았노라고.

1970년대 박정희 대통령이 독일로 필리핀으로 차관을 구하러
다녔을 때 우리의 어버이들은 탄광촌에서, 중동의 건설현장에
서, 병원 시체실에서 일하며 가난한 나라의 서러움을 삼켰다지
요. 그때 혹시 그들 중 누군가가 현지의 어느 부유한 집 가정부
로 들어가 눈물 흘리며 침을 뱉고 있지는 않았을는지, 인도양을
바라보며 상념에 잠겼습니다.

보고 싶은 J.

한국에는 눈이 많이 내렸다지요? 내일은 산호섬으로 이동합니
다.

또 쓰겠습니다. 안녕히.

샤갈과 히틀러

살아가면서 자신의 힘으로 어찌할 수 없는 것 중 하나가 부모와 시대의 선택일 것이다. 나는 지금 같은 시대에 태어나 다른 길을 간 두 남자를 주목하고 있다. 샤갈과 히틀러이다.

샤갈은 러시아 서부의 작은 도시에서 히틀러보다 2년 먼저 태어났다. 그는 독실한 유대교도로 전쟁과 히틀러의 유대인 박해를 피해 반평생을 해외로 떠돌아다니며 그림을 그렸다. 전 유럽을 쑥대밭으로 만든 전쟁 속에서 죄인처럼 숨어 다닌 샤갈의 삶이 결코 녹녹치는 않았을 터이다. 그러나 그의 그림 속 세상은 동화처럼 아름답고 평화롭다. 인간과 동물이 있고 열매를 맺는 나무가 있다. 연인들은 하늘을 날고 보랏빛 염소가 바이올린을 켜는, 마치 꿈속을 거니는 것 같은 환상적인 풍경들이 나타난다. 그가 고통 속에서도 밝고 생생한 색채로 세상의 모든 아픔을 희망과 사랑으로 바꿀 수 있었던 힘은 어디에서 나왔을까?

오스트리아에서 샤갈보다 2년 늦게 태어난 히틀러 역시 화가가 되고 싶었던 사람이었다. 2차 대전을 일으켜 그 많은 사상자를 낳았고 유대인들을 대량 학살한 희대의 독재자가 어린 시절 화가를 꿈꾸었다니 아이러니가 아닐 수 없다. 청소년기에 부모를 잃은 히틀러는 돈도 없고 직업도 없고 배운 것도 없었다. 타고난 그림 솜씨 하나로 엽서나 풍경 수채화를 그려서 팔아 입에 겨우 풀칠을 하고 살았다. 그런 그에게 꿈이 있다면 화가가 되는 것이었다. 그러나 그는 비엔나 미술대학 입학시험에서 세 번이나 낙방을 했다. 만일 그때에 비엔나 미술대학이 히틀러를 받아들였더라면 세계역사는 달라졌을까?

그의 그림들을 살펴보면 전쟁의 주범이라는 흔적은 어디에서도 찾을 수 없다. 서정적이고 감성적이다. 아름다운 호수, 오래된 성, 어머니의 품에 안겨있는 어린 예수의 모습을 보면서 수백만 명의 유대인을 가스실에서 죽게 한 장본인이 그린 그림이라고 누가 상상이나 하겠는가.

샤갈과 히틀러는 태생적으로 상극이었다. 샤갈은 유대인으로 태어났고, 히틀러는 병적으로 유대을 싫어했다.

샤갈이 유대인으로 태어난 것은 피할 수 없는 그의 운명이었다. 당시 유대인들은 어느 한 곳에도 뿌리를 내리지 못하고 유럽 각지에 흩어져 살았다. 당연히 직업 선택에도 제한이 있었으므로 고리대금업자 같은 음성직업을 가질 수밖에 없었다. 천성적으로 부지런하고 명석한 유대인이 고리대금업을 통해 금융계를 잠식함에 따라 유럽인들 사이에 '돈만 밝히는 무리'라는 반 유대인 정서가 싹튼 것 또한 자연발생적이라 할 수 있을 것이다. 하물며 1차 대전 실패 후 식민지를 잃은데다 막대한 전쟁 빚더미에 올라앉은 독일의 경우에는!

샤갈이 유대인으로 태어난 것이 운명이었듯이 히틀러가 유대인을 싫어한 것 또한 운명이었다. 그는 그의 전 생애를 유대인을 증오하고 척결하는데 소비했다. 청년 시기에 그가 경험한 좌절과 실패, 정신적 위기, 그리고 전후 독일의 복잡한 정치 현실은 그의 개인적 반 유태 감정을 국가적 차원으로 확장시켰다. 그는 자신에 대한 열렬한 지지자들을 통해 유대인에 대한 그의 증오심이 많은 유럽인의 정서와 부합됨을 알았다. 당시 유대인에 대한 혐오감은 유럽 전체에 만연하게 퍼져 있었기 때문이었다. 게다가 독일은 엄청난 전쟁 배상금과 심각한 내분에 휩싸여 있었다. 속죄양이 필요했다. 정치인 히틀러는 유대인의 척결을 통해 국론을 통일하고 그들의 재산을 몰수하여 2차 대전을 치러야 한다고 판단했다. 전해오는 그의 어록에는 "국력은 방어에 있는 것이 아니라 침략에 있다."는 말이 있다.

두 사람에게 사랑은 어떤 의미였을까? 샤갈에게는 사랑하는 가족과 연인 벨라가 있었다. 빈민층으로 거칠게 살았던 샤갈과 부유한 집안에서 문학과 역사와 철학을 공부했던 벨라의 사랑은 벨라가 먼저 세상을 떠날 때까지 35년간 이어졌다. 벨라는 그에게 끝없는 지지와 예술적 영감을 주었다. 샤갈은 자서전에서 벨라와 함께 지낸 시간을 자기 인생에서 가장 행복했던 때라고 회고했다. 그 시절 그의 그림들은 모두 사랑과 행복을 담고 있다.

히틀러는 빗나간 사랑에 갇혀 있었다. 어렸을 때는 과도하게 어머니에게 집착하여 오이디푸스 콤플렉스에서 벗어나지 못했고, 사춘기에는 모델 소녀에게 구애했다가 극심한 심적 외상을 입었다. 그로 인한 상처는 신경증으로 발전하여 유대인에게 투사되었다. 공교롭게도 그는 어렸을 적부터 유대인과 악연이 깊었다. 사랑하는 어머니를 죽음에 이르게 한 유방암 수술 의사도 유대인이었고, 그를 비웃고 떠난 모델 소녀의 약혼자도 유대인이었으며, 자신의 꿈을 짓밟은 미술대학의 심사위원들도 유대인이었다. 그는 극심한 유대인 혐오증에 사로잡혔다. 히틀러의 의식 속에 잠재된 유대인에 대한 증오는 당시 사회 일반에 퍼져있었던, 결혼으로 인한 유대인과 게르만족 간의 인종적 오염을 방지해야 한다는 강박관념을 더욱 견고하게 만들었을 것이다.

게다가 그에게는 그의 반 유대인 정서에 열광하는 지지자들이 있었다. 시대적 불행이 아닐 수 없었다. 이를 두고 또 다른 유대인 지그문트 프로이트가 민중을 분석한 대목이 흥미롭다. 정신분석학자 프로이트는 그의 논문 '집단 심리학과 자아 분석'을 통해 "불안한 시기에 민중은 단 하나의 확실한 비전을 강조하는 지도자에게 끌리게 되어 있다."고 말했다. 지구상에서 히틀러의 출현을 최초로 예견한 그의 안목이 놀랍다.

살다 보면 운명조차도 결국은 자신의 선택이 아닐까 하는 생각이 들 때가 있다. 샤갈은 그림이 주는 신비롭고 행복한 이미지처럼 본인도 비교적 순탄하게 97세까지 살았다. 자신의 그림과 생애가 엇비슷하게 전개된 셈이다. 사실 샤갈은 당시 유럽의 미술계에서 인정받기에는 어려운 위치에 있었다. 유럽의 변방 러시아에서 태어난 유대인이었고, 당시는 유대인의 차별이 극심했던 시절이었다. 그러나 샤갈은 피카소와 더불어 20세기 가장 영향력 있는 화가로 손꼽힌다. 그의 그림에서 전해지는 '그럼에도 불구하고 삶은 아름다운 것'이라는 메시지가 인간의 마음을 치유하고 있기 때문일 것이다.

반대로 히틀러는 예술을 소유와 집착의 개념으로 이해했다. 그에게 있어 비엔나 미술대학은 넘을 수 없는 산이었다. 예술 또한 영원히 극복되지 않은 욕망의 세계였다. 그는 끝내 예술마저도 정치권의 영향 안에 두고자 했다. 프랑스 파리를 점령했을 때도 가장 먼저 찾아간 곳이 루브르 미술 박물관이었다고 한다. 그림 뿐 아니라 고대의 유물과 미술품에 대해서도 관심이 많았던 그는 이집트의 유물들을 약탈하여 게르만족의 신성시를 뒷받침해줄 신화적 도구로 이용하려고도 했다.

역사에서는 '만약에' 가 통하지 않는다고 한다. 그러나 만약 샤갈이 유대인이 아니었고 히틀러가 화가로 성공했다면 20세기 화단과 유럽의 역사는 달라졌을까. 인간은 결국 인간에 의해 고통과 위안을 받는다고 볼 때 이 모든 것은 피할 수 없는 역사의 선택이었을까.

폴란드에서 유대인 최대 수용소 아우슈비츠를 보고 온 그 여름, 예술의 전당에서는 '샤갈 기획전' 이 열렸다. 나는 샤갈의 「누워 있는 시인」 앞에 한참을 머물렀다. 그림 속에 등장하는 초원은 벨라와 신혼여행을 갔던 러시아의 시골 풍경이리라. 푸른 초원에는 말과 돼지가 풀을 뜯고 있고, 초원의 끝자락에는 시인이 꿈을 꾸듯 누워 있다. 북유럽의 건강한 전나무들이 보기 좋게

쭉쭉 뻗어있는데, 하늘에는 라일락 빛 노을이 가득하다. 숲 너머로는 보일 듯 말 듯 일찌감치 달이 떠 있다.

　그림이 완성된 1915년은 1차 세계대전이 막 터진 후였다. 화가의 꿈을 이루지 못하고 어머니마저 잃은 히틀러가 독일군에 입대하겠다고 호기를 부리고 있을 때였다. 군의관이 물었다.

　"자네는 왜 죽음을 무릅쓰고 싸우려 하는가?"

　"독일이 이 세상에서 가장 위대한 나라이기 때문입니다. 독일이 세계를 다스리면 다른 민족에게도 큰 행운이 될 것입니다."

　나는 그림에서 나와 천천히 발길을 돌렸다. 같은 시대에 태어나 치열하게 다른 삶을 살다간 두 남자를 생각하며 몇 날 몇 밤 동안 잠을 설쳤다.

3. 내 앞에 놓인 잔

어렵고도 쉬운 일

설거지를 하다 보니 밥공기 두 개가 딱 들어붙어 있다. 손으로 떼어도 안 되고, 돌려봐도 안 되고, 비틀어도 말을 안 듣는다. 조가비가 입을 다물 듯 두 개가 붙어 꼼짝을 않는다. 냄비에 물을 끓여 담가도 보고, 반대로 찬물로 씻어 봐도 헛일이다. 나 몰래 즈네들끼리 작당을 하여 업고 업히어 떨어지지를 않는 것이다.

팽창에 대해 머리를 짜 낸다. 당황하여 한꺼번에 뜨거운 물에 넣은 것이 실수일는지도 모른다. 두 그릇이 똑 같이 팽창하여 결속을 다졌을 수도 있기 때문이다. 이번에는 속 것에는 찬물을, 바깥 것에는 따뜻한 물을 주어 보았다. 팽창에 차등을 주어 본 것이다. 실패였다. 내가 허둥대는 동안 면역이 생긴 것일까.

궁리 끝에 부엌 세제를 두 그릇 틈 사이에 넣어 보았다. 미끄럼을 타고 속 것이 빠져 나오기를 기대한 것이다. 허사였다. 허사이기만 한가. 오히려 내가 이러저러한 방법을 동원한 사이 즈네들끼리 더욱 꽉 조여들고 있는 것 같았다. 처음보다 사태는 더 악화되었다. 도대체 무슨 일일까. 어떻게 해야 할까.

살림 9단에게도 물어보고, 화학 선생한테도 문의하고, 인터넷에도 들어가 보았다. 뾰족한 방법이 없었다. 아이디어라고 내어 놓는 것 또한 상식선을 크게 벗어나지 않았다. 성질 같아서는 확 집어 던지고 싶은 심정이었다. 그러나 그 밥공기는 포토멜리언이었다. 주부들의 로망이라고 하는 포토멜리언. 작년 내 생일 때 애들이 거금을 들여 홈 세트로 마련해 준 게 아닌가. 나는 마음을 가라앉히고 업고 업힌 두 밥공기를 통째로 씻어 싱크대 위에 엎어 놓았다. 무슨 사연인지 모르지만 잘 의논하여 그만 떨어지기를 기대하며.

이튿날 아침. 기적이 일어났다. 밤사이 무슨 일인지 두 밥공기가 저들 스스로 떨어져 돌아앉아 있는 게 아닌가. 누가 누구를 밀어냈는지는 알 수 없었다. 내가 그렇게 오랜 시간 온갖 수단을 동원해 떼어 놓으려 애쓸 때는 그토록 붙어서 속을 썩이더니 무슨 변덕으로 갈라서기로 했는지도 알 수 없었다. 세상에는 저 마다의 순리와 비밀이 있는 법이니까. 나는 콧노래를 부르며 얼른 하나씩 따로 씻어 선반 위에 단정히 올려놓았다.

비 오는 날의 스케치

3년의 병역 의무를 마친 아들은 첫 일터로 제주도를 선택했다. 비행기로는 1시간 이내의 거리였지만 데리고 가야 하는 개 두 마리 때문에 배편을 이용할 수밖에 없었다. 완도까지 4시간이나 운전을 해서 배를 타고 다시 2시간이나 걸리는 거리였다. 첫 배를 타려면 이른 새벽에 출발해야 한다고 했다.

전날 밤 아들은 일찍 잠들고 나는 꼬박 밤을 새웠다. 혹시라도 시간을 놓치면 안 되기 때문이었다. 새벽 2시, 알람 소리에 아들은 제 방에서 나왔다. 창문을 여니 비가 오고 있었다. 샤워를 마친 아들이 개 줄을 내밀자 녀석들은 산책이라도 가는 줄 알고 다투어 목을 들이댔다.

짐 정리를 끝내고 조수석에 개 두 마리까지 태운 아들이 우산을 접고 엄마를 잠깐 안았다.

"들어가세요."

"운전 조심해."

시동을 걸자 와이퍼가 움직이면서 비 오는 유리를 닦았다. 골목을 돌아나가는 아들의 모습을 오랫동안 지켜보았다.

집에 들어오니 온 집에 불이 켜 있고 문이란 문은 다 열려 있었다. 새벽 3시. 바깥은 아직 칠흑 같은 어둠인데 비가 줄기차게 내리고 있었다. 일기예보는 전국적으로 비가 내리는 가운데 완도는 무려 280mm나 올 예정이라고 했다. 배가 뜨려나. 아들은 다음 날 출근해야 할 몸이라 첫 배를 놓치더라도 완도항에 머물면서 다음 배를 기다려야 한다고 했다.

나는 아무것도 할 수 없는 사람이 되어 소파에 우두커니 앉아 있었다. 아무것도. 참으로 아무것도. 사랑이란 결국 '아무것도 할 수 없음'의 뼈아픈 자각인지도 몰랐다. 가슴이 메어왔다. 비는 왜 하필 내려 가지고.

TV를 끄고 베란다로 나가 보았다. 어둠이 서서히 물러가면서 차량들이 드문드문 불을 밝히는 것이 보였다. 비에 젖은 아스팔트가 타이어의 압력을 받아 김을 뿜어내고 있었다. 아들은 어디쯤 가고 있을까. 빗속을 뚫고 골목을 돌아나가던 모습이 아프게 눈에 밟혔다. 이제 아들은 그렇게, 온전히 저 혼자서 세상을 헤쳐 나가게 될 것이었다. 비도 오고, 눈도 내리고, 폭풍도 휘몰아치리라. 나는 빗자루를 들고 청소를 시작했다.

프로가 된다는 것

즐겨 보는 TV 프로그램 중에 「나 가수(나는 가수다)」가 있다. 기성 가수를 출연자로 하는 프로그램인데 구태여 '가수'임을 강조하는 것은 자기야말로 프로 가수임을 선언하는 뜻이리라.

오늘은 하동균이 눈에 띄었다. 그는 자신이 작사 작곡한 「From Mark(흔적으로부터)」란 곡을 선보였다. 처음 듣는 노래인데도 흡인력이 대단했다. 'I will fly / 날 밀어내는 너라는 파도와 / 날 조여 오는 기억의 바람과 / 날 묶어 버릴 남겨진 시간들'을 소절에 따라 목소리를 바꾸면서 노래했다. 전반부는 잔잔하면서도 선이 굵게, 중반부는 감정을 긁는 듯한 절규의 목소리로, 후반부는 절정으로 치닫는 가성을 선보여 잠시도 화면에서 눈을

뗄 수가 없었다. 그는 섬세한 동안童顔이었다. 그러나 그의 음악
은 한참 멀리, 깊었다. '미친 소리'에 이르기까지 무명無名의 긴
터널을 지나오는 동안 얼마나 인내하고 마음 졸였을까.

아카펠라 4인조 그룹 스윗 소로우도 만만치 않았다. 젊은 날의
부라더스 포Brothers Four를 연상케 하는 이 청년들은 오래된 노래
「아무리 생각해도 난 너를」을 산소 한 컵을 선사하듯 깨끗하게
노래했다. 그들은 전자음을 철저히 배제했다. 온전히 자신의 목
소리로만 관객에게 다가가고자 했다. 음악 아닌 모든 것은 과감
하게 버리고 제 안의 깊은 계단과 만날 수 있을 때라야 가능한
일이었다. 금방 짠 유기농 주스를 마시는 기분이랄까. 조미료 없
는 신선한 야채 요리를 먹는 기분이라고나 할까.

어느 분야든 프로가 된다는 것은 더 먼 곳을 향하여 끊임없이
팔을 뻗어 깨금발을 하는 작업일 터이다. 수필이라고 무엇이 다
르랴. 고민하지 않고 깎아내지 않고 고통을 겪지 않고서야 어떻
게 감동을 줄까. 나는 이 순간에도 깃털처럼 가벼워지기 위해 자
기 안의 거품을 쉼 없이 걷어내고 있을 아름다운 '나 작가(나는 작
가다)'들을 생각하며 고개를 숙였다.

곁

아침에 눈을 뜨니 현관에 아들 신발이 보였다. 학회 끝나면 제
주도로 바로 내려간다더니 새벽녘 집에 다시 들른 모양이었다.
갑자기 집이 그득해지면서 마음이 바빠졌다. 쌀을 씻어 밥을 안
치고 해장국에 쓸 북어를 물에 불렸다.

나물을 볶다가 문득 이상한 생각이 들었다. 바로 전날 나는 곁
에서 모시던 스승이 별세하여 장지를 다녀왔다. 부모 타계 이후
가장 큰 충격이었다. 허전하고 막막하여 갈피를 못 잡고 있던 참
에 멀리 있는 아들이 온 것은 무슨 조화일까. 저 스스로 운이 좋
아 텔레파시가 작용한 건가. 보이지 않는 끈이 있어 내 곁으로
데려온 건가.

언젠가부터 나의 곁이 흔들리기 시작했다. 계절이 바뀌듯 세대교체가 일어난 것이다. 새 가정이 생기고 새 생명이 태어나는가 했더니 부모가 떠나고 형제가 떠나고 스승이 떠났다. 대나무의 햇대가 속으로부터 차오면서 껍질을 밀어내는 것과 같았다. 햇대는 부지런히 껍질을 밀어내다가 저 또한 껍질이 되어 세상 밖으로 밀려 나왔다. 검불인 듯 낙엽인 듯 떨어져나간 분신은 깃털처럼 바람에 실려 지상을 잠시 떠돌았다. 나는 손을 들어 아듀를 고했다. 아듀, 나의 슬픈 곁들이여!

물에 불린 북어를 다듬다 보니 단단한 껍질이 만져졌다. 세찬 바닷바람에 얼었다 녹았다 하는 내내 부둥켜안고 울었을 곁지기였다. 벗겨 내자 여리고 깨끗한 속살이 드러났다. 나는 냄비에 기름을 두른 후 국을 끓이기 시작했다.

내 마음의 지도

우리의 '마음'은 뇌에 있는 것일까, 심장에 있는 것일까?

세모일까, 네모일까?

빨간색일까, 파란색일까?

나는 팔색조의 마음을 가졌다. 얌전한 척 공손한 척 자신을 낮추다가도 별안간 폭포를 오르는 물고기처럼 펄떡펄떡 뛰기도 한다. 열 개 또는 스무 개로 핵분열을 하다가도 마침내는 포말처럼 흔적도 없이 사라진다. 식물인가하면 동물이고, 물인가 하면 불이다.

외출하려고 신발을 신는데 둘째 딸에게서 국제전화가 왔다.

"엄마. 나 아무래도 그 사람과 결혼하는 게 좋겠어. 다시 생각해봐 주세요."

음악을 하는, 외국인의, 연하남과의 결혼을 허락해 달라고 보채고 있다. 충격에 휩싸인 나는 외출을 포기하고 소파에 털썩 주저앉고 만다.

따르릉. 이번에는 큰 딸이다. 둘째가 응원부대로 언니를 내세운 것이다.

"엄마, 감정만 앞세우지 마시고 무엇이 마음에 안 드시는지 구체적으로 말씀해 보세요."

"음악하는 놈!"

"그래요, 저도 음악하는 남자 안 좋아해요. 그렇지만 사람 나름이라니까요. 이 사람은 취미도 다양하고 기계도 잘 만지고 남자답게 시원시원하다니까요."

"외국인! 연하!"

"알았어요. 외국인이면서 연하남이란 말씀이시죠. 그건 어쩔 수 없는 문제예요. 그런데 엄마, 지금 엄마가 말씀하시는 세 가지 조건은 오히려 남자 쪽에서 불편사항으로 내세울 수 있는 조건들이라는 거 모르세요? 음악을 하는, 외국인의, 연상녀와의 결혼 말이예요!"

전후사정을 들은 친구는 대뜸 궁합부터 보러 가자고 한다.

"궁합은 무슨? 상대가 외국인이라는데."

"명분이 될 수 있잖아, 명분!"

"나 그런 거 안 봐."

"한번만 보자. 태어난 년, 월, 일, 시는 알고 있지?"

"시간까지 필요해? 기억 안 나."

"한심한 엄마다. 전화해 봐. 본인은 알 거 아냐. 신랑 것도 당연
히 물어 보고!"

난생 처음 만난 점쟁이는 세상의 모든 답을 쥐고 있었다. 딸의
생년월일을 분석한 그는 조금도 거리낌 없이 올해 안에, 연하의,
외국남자와 결혼할 운이라고 말한다. 신랑은? 그 또한 올해 안
에, 연상의, 외국여자와 결혼할 운이라고 한다. 천생배필이라는
말이다. 부부금슬도 아주 좋으며, 슬하에 아들까지 있다고 자신
한다.

나는 어느새 마음이 노골노골해져서 국가고시를 코앞에 둔 아
들의 생년월일까지 들이민다. 막내라 이번에는 시간도 정확하다.

"이 친구는 당사주가 아주 좋군요. 문제없이 붙겠는데요. 걱정
마세요."

"그래요? 결혼은 언제쯤…?"

"그만 하지! 딸 궁합 보러 온 거 아니었어?"

친구의 핀잔을 듣고서야 슬그머니 자리를 물러난다. 내 마음

의 지도가 처음 만난 점쟁이의 예언에 따라 세모였다가 네모가
되는 순간이다. 빨간색이었다가 파란색이 되기도 하는 순간이다.

　역사학자들은 지도란 인간의 경험세계뿐 아니라 확인할 수 없
는 가상의 세계까지 포함한다고 주장한다. 여기서 말하는 가상
세계란 개인의 세계관, 우주관, 신화 등 관념의 세계를 말한다.
기독교 세계의 문명과 문화를 대표하는 헤리퍼드 세계지도나 이
슬람 세계의 이드리시 지도, 또는 불교의 세계관을 반영한 일본
의 오천축도가 그러하다.

　이것을 개인에게 적용하면 어떻게 될까. 개인의 지도 또한 눈
으로 보고 확인한 것 이외 상상이나 환상이 가능한 것까지 포함
되어 있는 것이 아닐까? 나의 지도에서 온전히 현실에서 확인된
것 이외 가상의 세계를 점친다는 것은 어떤 의미가 있을까?

　문제는 지도에서 발견되는 공백일는지도 모른다. 인간은 누구
나 지도에서 비어있는 미완성 공간을 의식하기 때문이다. 그것
은 인간의 능력이 닿지 않은 높고 넓은 세계이기도 하다. 종교와
신화가 존재하는 이유이다.

　오늘 나의 점집 방문 또한 공간의식에 따른 발로일 수도 있지
않을까. 그렇다면 한 가지 의문이 남는다. 점쟁이가 확신하는 가
상의 세계가 나의 관념과는 실제적으로 어떤 관계가 있을까. 관

계가 있기는 한 것일까.

친구가 사 준 점심을 먹으면서 나는 나의 마음을 포기했다. 나의 의지와 상관없이 그려지는 내 마음의 지도가 이제는 개념조차 상실했기 때문이다. 오래 전부터 전해 내려오는 그 많은 세계 지도 중에는 내 마음을 사로잡은 훌륭한 지도도 있었건만. 그 지도에는 뜻밖에도 공백이 아주 많았다. 불확실한 가상의 세계를 과감하게 배제하고 '현장에서 확인한 것'과 '확인할 수는 없지만 어느 정도 근거가 있는 것'에 한정시켰었다. 공백에 대한 두려움에 의연하게 맞선 것이다. 길흉화복은 결국 자신의 노력과 적공에 달린 것이라는 메시지가 아니겠는가.

따르릉. 다시 아이의 전화가 걸려 온다. 시차로 보면 그쪽에서는 새벽에 가까운 시각이다. 사랑을 위해 꼬박 밤을 샌 모양이다. 좋은 나이다. 엄마의 점집 방문까지도 긴장하면서 허락을 고대하고 있는 눈치가 아닌가. 나는 순간 내 마음의 지도를 딸에게 보낼 수는 없을까 고민해 보았다. 나조차도 해독이 어려운 질풍노도의 지도였다. 혼자서 잠시 피식 웃다가 전화기를 집어 들었다.

뉴턴에 반反하다

"우물쭈물하다가 내 이럴 줄 알았다."

버나드 쇼만의 이야기가 아니다. 나야말로 우물쭈물하다가 딱 걸려들고 말았다.

"잠시 주무시게 됩니다. 저를 믿으세요."

주사기를 든 간호사 옆에서 의사가 내 손을 잡는다. 친절한 사람이다. 아니면 성형외과 특성상 인간심리에 통달한 사람일까. 나는 지금 눈꺼풀 수술을 받기 위해 마취주사를 맞으려는 중이다. 이 기막힌 짓거리는 전적으로 뉴턴의 만유인력에 기인한 것이다.

며칠 몸살을 앓고 난 어느 날 거울 앞에 선 나는 깜짝 놀랐다.

윗 눈꺼풀이 반쯤 내려와서 눈을 덮기 시작한 것이었다. 눈이 아팠던 것도 아니고 눈병이 난 것도 아닌데 어떻게 된 영문인지 알 도리가 없었다. 안과에 갔더니 시야가 좁아지기 시작한 것이라 한다.

"시야가…, 왜요?"

노화현상으로 눈꺼풀이 처지기 시작했다는 설명이다. 사람은 만20세부터 신체적인 노화현상이 일어난다고 한다. 그러니까 나의 눈꺼풀은 스무 살부터 조금씩, 소리 없이 내려오고 있었다는 얘기가 된다.

"어떻게 해야 하나요?"

수술로 시야를 확장시킬 수밖에 없다고 한다. 그대로 두면 눈에 힘이 들어가서 안압이 높아지고 마침내 녹내장을 유발하게 된다는 것이다.

안과의사의 소견서를 들고 성형외과를 찾은 나는 겁을 잔뜩 먹고 있었다.

"불안해할 것 없습니다. 간단한 수술입니다."

"왜 하필 눈꺼풀이?"

의사가 조용히 내 눈을 들여다보았다.

"눈꺼풀만 내려온 게 아닙니다. 이마도 눈썹도 입꼬리도 다 내려 왔어요."

"이유가 뭔가요?"

의사는 희미하게 미소 지었다. 그리고는 기다렸다는 듯이 300년 전의 뉴턴을 모셔왔다.

"만유인력의 법칙 아닙니까. 지극히 자연적인 현상입니다."

거울을 본다. 내 눈에 아주 익숙한, 그 역시 놀랍다는 듯 나를 빤히 올려다 보는 얼굴이 있다. 눈 둘, 코 하나, 입 하나. 아침저녁 마주하고 친근해져서 늘어났는지 줄어들었는지조차 감이 오지 않는다. 방심한 사이 뉴턴, 그가 은밀하게 나를 찾아왔단 말인가.

뉴턴은 확실히 우리와는 뇌구조가 다른 사람이었다. 350년 전 당시 영국은 온 국민이 페스트라는 전염병으로 시달리고 있었다. 정부도 이웃나라도 자선단체까지도 페스트와의 전쟁에 휘말려 있던 무렵이었다.

뉴턴은 병病 대신 사과나무를 주목했다. 사과나무에서 사과가 떨어지고 있었던 것이다. 그는 사과를 보고 먹거나 팔려 하지 않고 생각에 잠겼다. 사과는 왜 똑바로 아래로 떨어질까. 사과는 왜 위로 가든지 옆으로 가지 않고, 또 나무 가지에서 직각으로 떨어지지 않고 똑바로 떨어지는 것일까. 사과가 가지에서 밑으로 떨어지는 것은 지면의 어떤 힘이 그것을 잡아당기고 있기 때문이 아닐까.

이번에는 뉴턴의 포로가 된 내가 생각이라는 것을 해 본다. 뉴턴이 만일 어느 날 문득 자신의 눈꺼풀이 내려앉은 것을 주목했다면 어떻게 했을까. 그의 성품상 나처럼 깜짝 놀라 거울을 던지고 병원으로 달려가기 보다는 조용히 생각에 잠겼을 공산이 크다. 인간의 얼굴은 왜 선이 아닌 면으로 이루어져 있는지, 시간이 흐름에 따라 눈, 코, 입은 왜 아래로 처지는지, 피부는 왜 위로 올라가든지 옆으로 이동하지 않고 밑으로 흘러내리는지를 골똘히 생각할 것이다.

그러고 보면 사과는 뉴턴에게 '오브제(매개가 되는 물건)'에 불과했는지도 모르겠다. 떨어지는 사과를 주목했는가 안했는가에 따라 만유인력이 빨라지거나 늦어졌으리라고 누가 믿겠는가? 요즘 같으면 과수원 대신 성형외과를 어슬렁거리던 중 만유인력의 아이디어가 떠올랐을지도 모를 일이다.

"수술 끝났습니다. 거울 한번 보시죠."

의사가 내민 거울 속에는 뉴턴에 반反한 얼굴이 하나 있다. 코와 입, 이마까지도 낙하현상을 보이는데 눈만이 유독 반란을 일으키는 중이다. 처진 눈꺼풀을 위로 당겨 올리다 보니 저 혼자 만세를 부르고 있는 꼴이다.

누가 21세기를 이성의 시대라고 했던가. 누가 인간을 도구를 쓰는 동물이라 했던가. 나는 이성과 도구를 휘둘러 뉴턴에 반기를 든 셈이 되고 말았다. 사과처럼 아래로 떨어지게 되어 있는 순리를 거역하고 눈에다 권력을 부여한 것이다. 이제 나의 눈은 지구를 도는 달처럼 얼굴에서 뛰쳐나가 독립적인 힘을 갖게 되었다. 나의 눈은 인공위성처럼 죽을 때까지 홀로 외로운 항해를 하게 될 것이다. 시간에 대한 반역이요, 자연에 대한 항명이 아닌가.

"이쪽을 잠깐 보시죠. 안약을 넣겠습니다."

칼을 댄 눈꺼풀이 버거웠던 것일까. 아까부터 자꾸 눈동자에 실체 모를 물기가 고여 든다.

"아무 걱정 마세요. 눈물 또한 자연적인 현상입니다. 눈을 보호할 필요가 있을 때 자체 생산되는 것이니까요."

"무엇으로부터 보호하나요? 언제까지 보호할 수 있나요?"

질문을 삼키고 잠자코 수술대에서 내려온다. 눈물인지 안약인지 수상한 액체가 뺨 위를 타고 흘러내린다. 수술이 잘 됐다니까 의사를 일단 믿어 보기로 한다. 그러나 가슴 밑바닥을 흐르는 이 허무와 슬픔이 무엇을 뜻하는지 나는 알지 못한다. 의사한테 물어볼 수도 없고.

부자父子

올해는 남편 제사를 제주도에 있는 아들 집에서 지내게 되었다. 아들이 일하는 병원이 권역별 응급의료센터로 지정됨에 따라 일이 겹쳐 몸을 뺄 수가 없었기 때문이었다. 총각 혼자 사는 집이라 불편한 점이 한두 가지가 아니었지만 정성껏 장을 보고 음식을 장만했다. 아들도 병원과 집을 부산하게 들락거리며 엄마를 도왔다.

밤 9시, 일몰이 지나 아들과 함께 제사상을 차리고 있는데 응급실에서 전화가 왔다. 교통사고로 머리를 다친 환자가 출혈이 심해 위급하다는 것이었다. 제기祭器를 만지고 있던 아들이 쏜살같이 튕겨 나갔다. 향과 초가 바닥에 뒹굴었다. 몇 시에 오는지,

상을 마저 차려야할지 말지 가늠할 수가 없었다. 지금 수술 들어가게 되면 자정을 넘겨 제사를 지내게 될는지도 몰랐다. 무엇보다 '출혈'이라는 말에 등골이 오싹해졌다. 나는 그것이 무엇을 뜻하는지 너무 잘 알았다. 피는 몸 안에 숨어있어야 옳았다. 몸 안에서 꼭꼭 숨어 생명을 끌어안고 있어야 했다. 그런데 그 피가 밖으로 흐르고 있다지 않는가.

어린 나이에 아버지를 잃은 아들이 의사가 되겠다고 한 것에는 아이다운 치기와 꿈이 있었을 것이다. 어려운 공부와 힘든 수련의 과정 중에도 갈등하지 않고 묵묵히 견딜 수 있었던 것도 젊은 나이에 생을 마감한 아버지의 영향이 작용했으리라. 그러나 그것이 어찌 자신이 의사가 되는 것으로 해결 될 수 있는 일이던가.

남편은 간암으로 투병 중이었다. 화장실에서 두 번째로 피를 토한 남편을 응급실로 옮겼을 때 나는 벌겋게 달아오른 얼굴로 의사한테 대들었었다. 지난 번 치료가 부실했던 게 아니냐고. 왜 이런 일이 자꾸만 되풀이되느냐고. 그때 지금의 아들 나이가 된 담당의사가 말했다. 의대를 나오고, 수련의 과정을 거쳤을 때만 해도 인간의 생명이 의사의 손에 달린 줄 알았다고 했다. 그러나 정작 의사가 되고 보니 환자를 위해 할 수 있는 일은 티끌에도 미치지 못하더라고 했다. 인간의 생명이 인간에게 속한다고 생각한 것 자체가 오만이며 허상이었다는 의미가 아니었을까. 어쩌면 오히려 인간의 생명이 인간에 속하지 않은 것이 인간의 희망일는지도 모를 일이 아니던가.

시간이 얼마나 흘렀을까. 현관문 번호 키를 누르는 소리가 나디니 아들이 들어선다. 수술을 마치고 온 것이라 했다. 온몸이 땟물에 젖은 걸레처럼 후줄근하다. 샤워를 하겠다며 목욕탕으로 직행한다. 물소리, 부스럭거리는 소리. 나는 아들에게 속옷을 꺼낼까 하고 물어본다.

"괜찮아요. 욕실 안에 다 있어요."

아들이 대답한다.

"검정 비닐 하고 운동화나 좀 갖다 주세요."

영문도 모른 채 비닐을 꺼낸 후 운동화를 집는 순간 나는 흠칫 놀랐다. 운동화가 온통 피투성이었던 것이다. 환자의 출혈이 심했던 모양이었다.

아들은 대수롭지 않게 비닐에다 물을 받더니 세제를 풀고 운동화를 넣어 두어 번 흔들었다. 많이 해본 듯한, 익숙한 솜씨였다. 비닐 끝을 묶은 후 대야에 담으며 만망한 듯 빙긋 웃어 보이기까지 한다.

"제사는 결국 자정을 넘기게 되었네요."

순간 나는 그 웃음에서 남편의 환영을 보았다. 피는 못 속인다
더니 이런 순간에 웃음을! 어느 새벽, 변기 가득 피를 토한 남편
도 어쩔 줄 몰라하는 나를 보며 빙긋 웃었었다.

"내 몸에 피가 이렇게 많았었나~!"

제사가 끝난 새벽, 아들은 잠에 곯아떨어지고 나는 비닐을 열
어 운동화를 씻기 시작한다. 비닐 안이 온통 핏물 투성이다. 몸
안에 든 피는 생명이었을 것이나 밖으로 나온 피는 죽음이다.

수술 환자는 어떻게 되었을까. 남편과 그, 아들은 전생에 어떤
인연이었을까. 남편이 피를 쏟아 병원으로 실려 갔을 때는 아들
이 너무 어렸다. 그 아들이 자라 의사가 되었을 때는 다른 사람
의 피를 거두느라 제삿날마저 어수선하게 맞았다. 환자는 아들
의 운동화를 알고 있을까.

언제 일어났는지 아들 방에서 전화 받는 소리가 들린다. 밤 동
안의 환자 상태에 대한 전공의 보고를 받고 있는 모양이다. 두런
두런 말을 나누는 품이 경과가 나쁘지 않은 것 같다.

출근하기 전 밥 한술이라도 먹이고 싶어 서둘러 운동화를 헹
구어낸다. 물기를 털어 대야에 담고 목욕탕 문을 나서니 꿈인 듯
생시인 듯 눈앞에 낯익은 얼굴이 나타난다. 제사를 맞은 오늘의

주인공이다. 나쁘지 않다. 생시처럼 편안한 얼굴로 웃고 있다.
깨끗해진 아들의 운동화가 마음에 든 건가.

숨은 길

시월에 접어드니 가을이 성큼 눈썹 끝으로 다가온다. 마음은 허전하고 눈은 먼 곳을 쫓는다. 황금 들판에 익은 벼들은 고개 숙여 농부의 손을 기다리고, 산에 피는 야생 꽃들은 스스로 몸을 말려 겨울을 준비한다. 구름은 저 혼자 푸른 하늘을 가로지르며 어디론가 유유히 흘러간다.

길을 나선다. 계절 따라 얼굴을 달리하는 길이다. 봄 길이 의욕의 길이요 여름 길이 생존의 길이라면 가을 길은 사색의 길이 아닐까. 가을에는 보이지 않던 길도 보인다. 숨어있던 길, 사라져간 길이 눈에 들어온다. 미련하여 지나쳤던 길, 욕심 때문에 놓쳤던 길도 가을이 되면 보이기 시작한다. 미처 몰랐던 길, 뜻하지 않았던 길을 따라 어디론가 훌쩍 떠나고 싶다.

산길을 걷는다. 나지막한 야산이다. 나무처럼 가을볕에 몸을 맡긴다. 햇볕도 계절에 따라 느낌이 다른가. 봄볕이 고양이 같다면 여름볕은 호랑이다. 가을볕에는 어머니 같이 살가운 기운이 있다. 따갑지만 순한 맛이 있고, 맵지만 너그러운 구석이 있다. 내치는듯하지만 당겨 품는 온기가 있다. 자식을 거두는 품새라고나 할까. 곡식을 갈무리하는 마음이라고나 할까.

걸으면서 상념에 젖어든다. 태초에 길은 어떻게 만들어졌을까. 인간은 걸어 다니는 두 발 짐승이므로 인류역사가 바로 길의 역사가 될 것이다. 인간이 땅을 밟고 걸어 다니고 부터 세상 온 곳에 길이 만들어지기 시작했다. 산을 걸으면 산길이 되고 들을 걸으면 들길이 되었다. 논을 걸으면 논길이, 밭을 걸으면 밭길이 되었다.

태초에는 세상의 모든 길이 인간의 발에 의존했다. 인간이 길을 지배했다는 뜻이 된다. 태조 이성계가 조선을 건국했을 때 노비였던 날쇠는 정적政敵의 운명이 걸린 서찰을 품고 험한 산길을 날아다녔다. 발이 빠른 날쇠의 삶은 길 위에 있었다. 그의 존재는 길 위에서 증명되었다.

그뿐인가. 고종 때 북청 물장수였던 이용익은 500리길을 12시간에 걸었다는 사람이다. 임오군란 때는 피난 중인 명성황후에게 입궁 소식을 전하는 파발꾼으로 뽑혔다가 벼슬길에 오른 인물로 알려져 있다. 길을 알고 길을 다루는 능력이 탁월했던 사람들이다.

인간이 아닌 기계가 길을 지배하게 된 것은 땅 위에 철길이 생기고부터이다. 철길은 도시와 도시, 도시와 시골의 거리를 가깝게 당겨 놓았다. 젊은이들은 뿔뿔이 새벽을 헤치고 도시로 떠났다가 어느 날 슬그머니 고향으로 되돌아오곤 했다. 도시와 시골은 생산과 소비의 장으로 어우러졌다.

또한 사람들은 땅 위에서 기차가 달리는 정도로는 만족하지 않았다. 하늘 길을 만들어 비행기를 날리고 바닷길을 뚫어 배를 띄우더니 보이지 않는 가상공간에도 길을 내고야 말았다. 인터넷이다. 시간과 공간을 씨줄 날줄로 엮어 온 세계를 하나의 그물망으로 짜 놓은 것이다. 형체가 없으면서도 가장 빠르고 무서운 힘을 가진 새로운 길이다.

이제 우리는 날쇠가 하룻밤이나 걸렸던 산길쯤이야 비행기를 타고 눈 깜짝할 사이에 넘을 수 있게 되었다. 그 옛날 간난네가 시집 간 딸을 만나기 위해 지팡이를 짚고 석 달 열흘을 걸어야 했던 낙동강 700리 길도 기차를 타고 몇 시간 안에 다녀올 수 있다. 태평양 저 쪽 미국의 닐 암스트롱이 달나라에 첫발을 내딛는 순간도 인터넷을 통해 실시간으로 확인한다. 17세 이하 어린 소녀 축구단이 카리브해 남쪽 끝까지 달려가 일본과 승부차기를 하는 모습도 TV를 통해 가슴 조이며 즐길 수 있게 되었다. 길의 진화다. 길의 혁명이다.

그런데 어찌할까. 아까부터 정작 나의 길이 이상하다. 걷다보니 잘못 빠진 모양이다. 자주 다니는 산길인데도 방향이 헷갈린다. 길이 갑자기 달라지면서 숲과 나무들이 낯설어지기 시작한다. 늪도 아닌 것이 평지도 아닌 것이 땅이 갑자기 축축해지는 것도 예사롭지가 않다. 드디어 눈앞에 습지가 나타난다. 제멋대로 물이 고이고 잡풀이 무성하다. 외래종 풀들도 드문드문 눈에 띈다. 언제, 어디서 씨가 흘러들었는지 뿌리 내린 지가 한참은 되어 보인다.

길이 묘하게 헝클어졌음에 틀림없다. 오솔길이나마 사람이 지나간 흔적이 보이던 것이 이제는 그마저 끊어질 조짐이다. 길인지 습지인지도 분간이 가지 않는다. 잘못하면 발을 헛디뎌 습지에 빠져들 판이다. 발을 빼려 애쓰면 애쓸수록 더 깊이 빠져드는 것이 습지가 아니던가.

길이 참으로 난감하다. 어쩌다 이 지경이 되었는가. 돌아가려니 이미 너무 멀리 와 버렸고 나아가려니 두려움이 앞선다. 마음이 조급해진다. 시간이 많이 흘렀다. 해마저 뉘엿뉘엿 지려 하지 않는가.

길 가에 털썩 주저앉는다. 깊은 숨을 들이쉬고 내쉬면서 주변을 돌아본다. 잡풀들이 무성한 습지 반대쪽으로 이름 모를 잡목 군락이 눈에 들어온다. 제멋대로 엉켜 있다. 조악하기 짝이 없다.

그러나 자세히 보니 잡목을 중심으로 새로운 길이 형성되고 있다. 산과 나무, 흙과 물, 잡풀과 돌들이 나란한듯하면서도 벗어남이 있고 어긋남 중에도 질서가 있다. 생존을 위해 자연발생적으로 생겨난 조화일까. 그 누구도 가르쳐 주거나 강요한 바 없을 터이다. 스스로 몸을 열어 햇볕을 받고 서로 부축하여 태풍을 피하는 사이 자연스럽게 길이 만들어진 것이었다. 산의 포용과 나무의 용기가 빚어낸 하모니라고 할까.

나는 일어났다. 바람이 나의 손을 잡은 듯하다. 몸이 한결 가벼워졌다. 아둔한 인간이 자연의 이치를 깨닫는 데는 시간이 필요했던 모양이다. 지금 산속에 있는 모든 숨 쉬는 것들이 몸을 비켜 길을 내고 있지 않은가. 세상은 결국 혼자가 아닌 것이다. 어쩌면 나 역시 한 번도 혼자였던 적이 없었는지도 모른다. 하늘과 구름, 산과 나무, 하다못해 바람과 먼지도 나와 함께 있었다.

아득한 옛날 인류의 역사가 싹트기 이전에도 땅속에는 수많은 길이 묻혀 있었으리라. 길들은 수천, 수억만 년 동안 숨을 고르며 세상에 태어나기를 기다려 왔을 것이다. 기적처럼 누군가가 발을 내디뎌 길을 열었기에 그 길은 비로소 온 세상으로 뻗어나가지 않았을까.

오늘 나는 잠시 길을 잃었지만 숨어있는 또 하나의 길을 찾았다. 그리고 나는 살포시 그 길 위에 발을 얹었다.

심초석

소 한 마리도 못 그리는 사람이 한국미술사 공부 모임에 들어갔다면 '소가 웃을 일'이다. 그러나 그 모임에서는 그림은 그리지 않는다고 했다. 시험도 치지 않는다고 했다. 이름 그대로 한국미술의 흐름을 공부한다기에 들어갔더니 한 학기 내내 PPT로 탑만 보여주었다. 신라탑, 고려탑, 목탑, 전탑, 석탑 등을 보다가 오늘은 단체로 버스를 내어 경주 일원으로 탑을 직접 찾아 나섰다. 그 중에서도 내 눈을 끈 것은 황룡사 9층 목탑이었다.

동양 최고의 목조 건물이었다는 황룡사 9층탑은 지금은 소실되어 황량한 절터만 남아 있다. 진흥왕에서 진평왕을 거쳐 선덕여왕에 이르기까지 100여 년에 걸쳐 완성했으나 몽고 침입 때 한

순간에 불타고 말았다. 9층탑의 '9'는 '많다' 혹은 '극極'을 의미하여 주변 9개 나라를 모두 아우르는 신라 중심의 우주관을 표현했다지만 먼지를 일으키며 말을 달려 침범해 오는 몽고군에게는 역부족이었던 모양이었다. 탑은 온데간데없고 지금은 광활한 빈터에 주춧돌만 남아 있었다. 초겨울이라 스산한 날씨에 바람까지 불어 해설사의 희끗희끗한 머리칼을 흩어 놓는데, 눈을 확 끌어당기는 것이 있었다. 드문드문 주춧돌이 보이는 한가운데 우뚝 선, 무려 30톤이나 된다는 돌덩어리였다.

"잘 생겼지요? 심초석입니다. 탑 기둥의 기초가 되는 돌이지요. 몇 년 전 이곳이 발굴될 때~"

해설사는 심초석을 부드럽게 쓰다듬으며 눈을 먼 곳으로 주었다. 탑이 불탄 지 740년 후의 발굴 현장이었다. 그는 이마에 깊은 주름을 잡으며 당시를 회상했다.

"이걸 들어 올릴 때 저는 심장이 멎는 줄 알았지요."

포크레인 기사가 30톤 무게의 심초석을 들어 올리자마자 조사원들이 겁도 없이 돌 아래로 들어간 것이었다. 심초석을 제자리에 내려놓을 때 잔존 유물이 파괴되는 걸 우려해서였다. 돌이 얼마나 무거웠던지 들고 있던 포크레인이 휘청거릴 정도였다. 그들은 위험을 무릅쓰고 돌 아래로 몸을 던져 조상들의 유물을 살살이 훑었다. 예상은 적중했다. 심초석이 놓였던 자리를 파 들어

가자 청동거울과 금동 귀고리, 청동 그릇, 당나라 백자항아리 등 3000여 점의 유물이 한꺼번에 쏟아졌다. 탑을 세울 때 귀족들이 사용하던 장신구와 부처에게 바친 공양품과 액땜을 위해 땅속에 묻은 예물들이었다.

설명이 끝나 일행이 자리를 뜨는 동안 나는 혼자 천천히 돌에게로 다가갔다. 너무 크고 무거운 나머지 제 아무리 몽고군이라도 훔쳐갈 수 없었을 돌이었다. 1400년 전 왕을 움직여 9층 목탑을 쌓게 한 이 돌은 어떻게 여기까지 오게 되었을까. 이 돌을 딛고 일어선 9층 목탑은 얼마나 늠름하고 당당했을까. 경주는 광활한 분지로 되어 있기 때문에 백성들은 어디서든 80미터나 되는 목탑을 바라볼 수 있었을 것이었다. 밭을 갈다가 나무를 베다가 아궁이에 불을 때다가 문득 하늘에 이르는 탑을 보기 위해 고개를 들지 않았을까.

해설사 또한 차마 자리를 뜨지 못하고 2010년 삼성물산이 시공한 버즈 두바이의 칼리파 빌딩을 화제에 올렸다. 828미터나 되는 세계 최고의 건축물이었다. 그는 두바이의 원동력을 1400년 전 황룡사 9층탑을 건설했던 한국 기술력의 DNA에서 찾아야 한다고 열변을 토했다. 또한 그는 2034년경에는 9층 목탑이 원래의 모습대로 복원되어 우리 민족의 위대한 기상과 우수성을 전 세계에 알릴 수 있는 좋은 계기가 될 것이라고 흥분했다.

인간이나 사물이나 그것을 있게 하고 떠받치는 심초석이 있기 마련이다. 현존하는 목탑 중 가장 오래 되었다는 중국 불궁사의 목탑보다 무려 400년이나 앞서 건축되고 17미터나 더 높다는 황룡사 9층 탑 또한 저 믿음직한 심초석이 사력을 다 해 떠받치고 있었기에 가능했을 것이었다. 심초석이 있었기에 탑은 국민의 통일 염원을 모으는 구심점 역할을 하여 왕실과 백성이 혼연일체가 되는 시너지를 창출했으리라.

나는 미련하여 이순耳順에 이르기까지 나의 심초석을 인식하지 못했다. 나의 존재를 비나 물, 공기처럼 당연하고 마땅한 자연현상으로만 받아들였다. 이순에 이르러 비로소 부모님이라는 불가사의한 존재가 나의 모든 것을 떠받치고 있는 심초석임을 알았을 때 나는 그동안 한 번도 감사해 본 적이 없는 나를 자책했다. 나는 부모님에게 '감사하다' 는 말을 하고 싶었다. 큰절이라도 올리며 나를 있게 한 부모님의 노고에 진심어린 사랑을 전하고 싶었다. 그러나 부모님은 이미 이 세상에 계시지 않았다.

"뭐 하세요? 분황사로 이동한다는데요."

일행의 독촉을 받고서야 나는 자리를 떴다. 무거운 걸음으로 일행을 뒤따르며 몇 번이고 심초석을 돌아보았다. 돌은 말이 없었다. 말 없음으로 거기, 역사의 흔적만이 남아있는 자리에 하늘을 이고 묵묵히 서 있었다. 그것은 돌아가신 나의 아버지와 어머니의 모습이기도 했다. 부모님은 팔을 들어 어서 가라고 재촉하는 것 같았다. 나는 울컥하여 걸음을 멈추고 잠시 두 손을 모았다.

상사화

시월이 되자 함양 상림공원이 상사화相思花로 붉게 물들기 시작했다. 신라 말 이곳 태수였던 최치원이 홍수 피해를 막기 위해 물길을 돌리고 둑을 쌓아 조성한 숲이 상사화와 함께 어우러져 장관을 이루고 있다.

상사화는 이름부터 슬픈 꽃이다. 잎이 있을 때는 꽃이 피지 않고 꽃이 져야 잎이 나기 때문에 꽃과 잎이 서로 그리워하는 것이 인간세계에서 서로 떨어져 사모하는 정인의 모습과 같다고 해서 붙여진 이름이다. 꽃말 역시 '이룰 수 없는 사랑' 혹은 '이루어지지 않는 사랑'이다.

신라 최고의 천재였던 최치원은 불운했다. 12살 어린 나이에

당나라에 유학을 가서 과거에 급제하여 금의환향했으나 신라는 그를 맞이할 준비가 되어 있지 않았다. 신라는 이미 지는 해였다. 임금은 방탕했고, 관리는 부패했으며, 나라는 기울었다. 부모의 혈통에 의해 개인의 운명이 결정되는 골품제 사회였기 때문에 육두품 신분이었던 그로서는 진골 독점체제를 극복할 수가 없었다. 심혈을 기울여 '시무십조時務十條'라는 사회개혁안을 만들어 왕께 올렸으나 무위에 그치자 그는 좌절하여 속세를 떠났다. 방랑 끝에 신라 땅에서 자취를 감추었지만, 신발만 남긴 채 가야산의 신선이 되고 말았다고 전해질 뿐 그의 마지막은 천 년이 지난 지금까지도 베일에 싸여 있다.

최치원에게 안타까운 일화가 전해지고 있으니 쌍녀분雙女墳에 얽힌 설화이다. 쌍녀분은 최치원이 당나라에서 율수현 현위로 근무할 때 자신이 관할하는 지역을 시찰하던 중 발견한 무덤이다. 무덤에는 처녀 두 명이 묻혀 있었다. 아름다운 용모에 재기가 넘쳤지만 아버지가 돈에 눈이 멀어 늙은 소금 장수와 차 장수에게 억지로 시집보내려 하자 이를 거부하며 스스로 목숨을 끊고 말았다. 사연을 들은 최치원은 자매의 죽음을 애도하며 비석을 세우고 시를 지어 외로운 혼백을 위로했다.
그날 밤 최치원이 역관에서 잠을 자는데 자매가 찾아왔다. 자매는 최치원에게 자신들의 불행한 신세를 토로했고, 이를 딱하게 여긴 최치원은 자매를 극진히 대접했다. 세 사람은 서로 술을 권하며 달과 바람을 시제 삼아 시를 짓고 노래를 들으며 즐겼다. 이윽고 셋은 서로를 받아들여 한 이불 아래서 사랑을 나누었으니 이를 설화집 「신라수이전新羅殊異傳」에서는 이렇게 전하고 있다.

깨끗한 베개 세 개를 나란히 놓아두고 새 이불을 펼친 다음, 세 사람이 한 이불에 누우니 곡진하고 다사로운 정은 이루 말할 수 없었다.

하지만 이들에게 하늘이 허락한 사랑은 오직 하룻밤만이었다. 인간과 귀신의 사랑이었기 때문이다. 날이 새자 두 낭자는 평생토록 연모하겠노라 다짐하며 황황히 사라졌다. 최치원은 꿈이 실제처럼 생생한데다 자매에 대한 정도 깊어 무덤으로 달려가 다시 두 낭자를 애도했다고 한다.

누군가를 연모함에 그 대상이 이승과 저승이어도 가능한 일일까. 최치원과 관련된 쌍녀분의 전설은 물론 후대에 만들어진 이야기일 것이다. 최치원이라는 이십대의 젊은 지식인이 쌍녀분에 대해 애민사상을 발휘한 것을 두고 후대의 사람들이 전설을 만들어냈을 수도 있다.

쌍녀분을 찾았을 때의 최치원은 전도양양한 젊은이였고, 요절

한 두 낭자는 스스로 목숨을 끊은 한 많은 여인들이 아니던가.
최치원은 젊은 기백으로 두 낭자의 넋을 위로했을 것이고, 사람
들이 여기에 살을 입혀 전설을 만들어냈을 것이다. 그렇다하더
라도 최치원이 그때 두 낭자의 넋을 위로하느라 썼다는 '뜬구름
같은 이 세상의 영화는 꿈속의 꿈浮世榮華夢中夢'이라는 구절은 상
사화의 '이루어질 수 없는 사랑'을 예견한 것이 아닐까. 그가 좌
절과 울분 속에 살았을 이곳 상림공원에 천 년이 넘어 저리도 상
사화가 만발한 것을 두고 우연이라고만 할 수 있을까.

걸음을 옮겨 산책로로 접어든다. 길을 따라 좌우로 붉게 핀 상
사화가 허리를 곧추세우고 서 있는 품이 누군가를 애타게 기다
리는 모양새다. 상사화는 무리 식물이다. 여름까지 자취도 없던
것이 가을이 되면 불현듯 꽃대를 밀어 올려 붉디붉은 꽃을 무더
기로 피워 올린다. 일생을 두고도 꽃과 잎이 만나지 못하는 기막
힌 운명의 꽃 상사화. 기다림에 지쳐 목을 늘인 꽃술은 이미 갈
기갈기 찢겨졌다.
하늘이 내린 그들의 하룻밤을 생각한다. 평생의 한을 풀었다
던 두 낭자는 아직도 최치원을 연모하고 있을까. 지고지순한 자
매의 사랑은 시대를 거스른 한 불운한 지식인에게 다소나마 위
안이 되었을까.

날이 저문다. 한줄기 강바람이 꽃대를 건드리자 꽃잎이 파르르 떨며 우수수 떨어진다. 석양마저 보태어 사방은 온통 물감을 뿌린 듯 붉은데, 때 이른 저녁달이 차마 자리를 뜨지 못하고 천년의 숲을 내려다보고 있다.

귀신통

낙동강과 금호강이 만나는 사문진 나루터는 100년 전 선교사 부부가 한국 최초로 이곳을 통해 피아노를 실어 온 곳이다. 나루터에 도착한 피아노는 짐꾼 20여 명에 의해 사흘에 걸쳐 대구 약전 골목의 선교사 사택으로 옮겨졌다. 피아노 소리를 처음 들은 주민들은 무서웠고, 신기했다. 나무 통 안에 귀신이 들어앉아 내는 소리라 하여 귀신통이라 불렀다.

피아노가 들어온 지 100년 후 사문진 나루터에서는 '100대의 피아노 콘서트'가 열렸다. 풍류 피아니스트 임동창의 기획이었다. 별이 총총한 가을 밤 5,000여 명의 관객이 나루터에 모여드니 피아노 100대가 무대를 차렸다. 100대의 귀신통이 모여든 셈이었다.

　박수가 터지자 귀신통들이 소리를 내기 시작했다. 서양음악, 가요, 산조협주곡이 귀신통을 통해 울려나왔다. 임동창은 기인이었다. 동서양의 음악을 믹스하여 관객들을 몰아치는데, 강은일이 해금을 들고 와 열기를 보탰다. 그들은 관객보다 연주자가 더 신나는 연주를 선 보였다. 어쩌면 그들은 미치지 않았나 몰랐다. 즈네들끼리 신이 나서 연주 중 섰다가 앉다가, 마주보고 괴성을 지르기도 했다.

　피아노가 쉬는 사이 반가운 얼굴들이 등장했다. 바이올리니스트 정경화는 브루흐로 관객을 사로잡았고, 피아니스트 조재혁은 쇼팽 연주로 100명의 연주자들을 격려했다. 뮤지컬 배우 이태원은 「명성황후」 OST를 불렀고, 최덕술과 쓰리 테너는 오페라 아리아를 선사했다. 장사익은 앙코르에 앙코르를 거듭했다. 대전 블루스 도중 그는 관객을 향해 외쳤다.

　"사모님. 오늘밤 가정을 버리세~요!"

　내가 처음 피아노를 접한 것은 초등학교에 입학했을 때였다. 친구 해자가 제 방에서 그것을 치고 있었다. 독일 유학 간 이모가 보내 준 것이라 했다. 나는 소리가 어디서 나는가 하여 한참 동안 피아노의 앞, 뒤를 살펴보았다. 어른들 말 대로 나무통 안에 귀신이 들어앉아 있는 것도 같았다. 자랑하듯 피아노를 치던 해자가 한 손으로 건반을 주루룩 훑어 보였다.

"너 이거 건반이 모두 몇 갠줄 아니?"

나는 고개를 저었다.

"88개다!"

그 순간 귀신통 하나가 내 마음속으로 들어왔다. 나는 매일 해자의 집을 드나들었다. 피아노 때문이었다. 돈으로 사기에는 너무 비싼 피아노. 몰래 훔치기엔 너무 큰 피아노.

어느 날 레슨 간 해자를 기다리다 피아노 건반을 가만히 눌러 보았다. 소리가 났다. 이번에는 나의 몸이 귀신이 든 것처럼 부르르 떨렸다. 뜨거운 피가 내 몸속에서 한꺼번에 휘몰아쳤다. 나는 왠지 주저앉아 울고 싶었다.

세월이 흐름에 따라 내 마음속의 귀신통은 꼬리를 내렸다. 형제 많은 중산층 가정에서 피아노를 갖는 일은 언감생심 입도 뻥끗할 수 없는 일이었다. 오죽하면 한국사회에서 빨리 망하려면 정치를 하고, 천천히 망하려면 악기를 하라 했을까.

그러나 나는 열병처럼 한 번씩 어린 시절 해자네 집에서 남몰래 피아노 건반을 눌러 보던 감회를 떠올리곤 했다. 몸 전체가 뜨거운 귀신통이 되어 후덜덜 떨리던 그 감동을 어찌 잊을까. 삶이 시시하고 허망할 때, 때로 서럽고 울적할 때면 나이에 관계없이 가슴 한편에 뜨거운 귀신통 하나 품고 살면 얼마나 좋을까 싶기도 했다.

막이 내리고 나루터에서는 폭죽이 터지기 시작했다. 이제 곧 하나둘 조명이 꺼지면서 100대의 피아노도 뚜껑이 닫히리라. 엄격한 오디션을 거쳐 선발된 100명의 연주자들도 행사 기간 내내 그들과 한 몸이 되었던 귀신통과 아쉬운 작별을 나누게 될 것이다. 어쩌면 그들도 행사가 끝나면 귀신통의 열병을 앓게 되지 않을까.

늦은 밤, 가을바람은 차가웠다. 하늘을 가르는 폭죽을 눈으로 따라가니 잊었던 달이 수줍게 얼굴을 내밀고 있었다.

황새

첩첩산골 수하마을을 찾은 것은 우연한 일이다. 인터넷 서핑 중 실수한 클릭에서 사진작가가 찍은 황새 한 마리가 내 눈을 확 끌어당겼던 것이다.

사진 속 황새는 깊은 산 속 바위 위에 외발로 홀로 서 있다. 날씬한 몸매에 검은색 날개를 제외하고는 몸 전체가 흰색이다. 황새는 입을 벌려 애타게 짝을 부르고 있다. 외다리로 서서 애절하게 짝을 부르며 절규하는 듯한 황새 한 마리. 그의 짝은 어디로 간 것일까. 사냥꾼의 총에 맞아 어디엔가 쓰러져 있기라도 한 것일까. 나는 불현듯 황새의 유난한 암수애정을 그린 어느 수필가의 「거룩한 본능」이라는 작품을 떠올렸다. 사진 한 장이 나의 등을 작품의 원적지로 떠밀었다.

여기는 경북 북부의 영양군 수비면 수하마을. 봉화, 청송과 더불어 경북 3대 오지로 알려진 곳이다. 대구에서 출발하여 세 시간을 내처 달리는 동안 우람한 산을 배경으로 깊은 계곡을 건너고 높은 재를 넘어왔다.

뭉게구름이 코발트색 가을 하늘을 가로질러 거대한 양떼처럼 무리지어 흘러간다. 태백산맥을 끼고 마을 앞을 흐르는 수하계곡과 동해안 성류굴로 연결되는 왕피천에는 긴 장마로 인해 맑은 물이 넘쳐흐른다. 오지에서는 하늘도 구름도 달라지는가. 하늘은 더 높고 구름 또한 더 한층 멀어 보인다.

굽이굽이 흐르는 왕피천을 따라 길의 끝까지 차를 모니 인적이 드문 작은 마을이 나온다. 화전민의 자손들이 사는 두메산골이다. 마을이라고는 하나 여기저기 산비탈에 서너 채씩 농가가 모여 있는 자연 촌락에 불과하다. 집은 곧 쓰러질듯이 삭고 낡은 것이 대부분이다. 그나마도 발길이 끊긴 폐가도 보인다.

"계세요? 아무도 안 계세요?"

고추밭 이랑에서 할아버지 한 분이 허리를 펴며 내다본다. 잽싸게 그 쪽으로 달려간다. 서툰 몸짓으로 일 거드는 시늉을 하니 담배 한 대 피우려던 참이라며 연장을 놓고 밭둑에 앉는다.

수수밭을 지나 마당 한쪽에는 가지런한 장작이 보이고 울도

담도 없는 스레트집에는 봉숭아 나팔꽃 등 토종 꽃들이 피어 있다. 잠자리 한 마리가 할아버지의 머리 위를 맴돌다가 백일홍에 코를 박는다.

"여기 사신 지 오래 되세요?"

"그럼. 여기서 태어났는 걸."

증조할아버지 때 이 마을에 정착해 산에다 불을 질러 화전을 일구었다고 한다. 학교도 수하초등 분교를 다녔다. 지금처럼 길이 나 있지 않아서 책보를 등에 메고 내를 건너 다녔는데 비가 오면 물이 불어 결석하기 일쑤였다. 오는 길에 나는 그 분교에 들렀었다. 지금은 폐교가 되어 '반딧불이 생태학교'로 운영하고 있었다.

"뭐 하나 여쭤볼게요, 할아버지."

나는 드디어 황새 이야기를 끄집어냈다. 다행히 할아버지는 오래 전부터 마을에서 전해 내려오는 그 이야기를 기억하고 있었다. 꿩이나 부엉이 같은 산새들만 날아오는 이 산골에 어느 날 황새 한 쌍이 날아들었다는 것이다. 황새는 영물이고 길조이다. 무엇보다 황새는 다산多産의 상징이기도 하여 일손이 부족한 농경사회에 사람들로 하여금 무엇인가 막연한 기대에 부풀게 하기도 했다.

그런데 변이 생기고 말았다. 마을을 지나가던 밀렵꾼이 황새를 보고 총을 쏜 것이었다. 수컷이 선지피를 흘리며 억새풀 위에 쓰러지는 사이 놀란 암컷은 날아가 버렸다. 마을 사람들이 쓰러진 수컷을 거두어 온갖 정성을 다해 간호를 하는 동안 달아난 암컷은 어디에 있었을까. 사진에서처럼 깊은 산림 속 바위에 외발로 서서 목이 터져라 쓰러진 짝을 부르고 있지 않았을까.

무서리 내린 어느 추운 겨울날 아침, 마을 사람들은 한 쌍의 황새가 서로의 목을 끌어안고 싸늘하게 죽어 있는 것을 발견했다. 날아간 새가 밤을 틈타서 짝을 찾아 돌아온 것이었다. 황새 암컷은 수컷이 죽으면 무정란을 낳아 품을지언정 다른 수컷과는 교미하지 않는 것으로 알려져 있다. 수필가 김규련은 이를 종교보다 더 거룩하고 예술보다 아름다운 그들의 본능이라고 말한다.

"할머니는 안 계세요?"

돌아가셨다고 한다. 할아버지의 연세 겨우 일흔 둘인데 8년째 혼자 살아왔다.

"자녀는요?"

6남매나 된다고 한다. 다들 도회지에 나가 살고 할아버지 혼자 고추밭과 담배밭을 지키고 있다. 나무로 엮은 창고가 보여 웬 거냐고 물으니 직접 짜서 만들었다고 한다. 혼자서 지붕 얹고 창고 짓는데 6개월이나 걸렸다.

"수입은 괜찮으세요?"

"입에 풀칠이야 뭐…."

장독대에 항아리와 독이 유난히 많다. 돌아가신 할머니가 죽을 때까지 먹으라고 이것저것 담궈 놓았다고 한다. 간장이나 된장, 짠지 등일 것이다. 아무리 양념음식이라 해도 죽을 때까지 먹으라니…. 멋쩍게 웃는 할아버지의 치아가 군데군데 숭숭 빠져 있다.

"자녀분들과 합치시죠."

"산소는 어떡허고?"

조상들의 산소가 바로 산 밑에 보인다. 할머니의 산소는 아예 밭둑에 있다. 마음 내킬 때마다 손 대고 싶어 손수 그 쪽으로 옮겨 놓았다고 한다. 증명이라도 하듯 말하다 말고 봉분에 돋아난 잔풀을 손으로 뽑는다.

"이제 황새는 없어. 다 죽었다고 하더만."

아, 나는 그러나 그에게서 황새를 보았다. 손 닿는 곳에 아내의 무덤을 두고 수시로 매만지고 쓰다듬고 대화하는 할아버지의 등을 보며 목을 껴안고 싸늘하게 죽어있는 황새 한 쌍을 떠올렸다.

"끼룩끼룩 끼 끼룩 끼루루"

어디선가 애달픈 황새의 울음소리가 들리는 것도 같았다.

세 라 비

딸이 연년생으로 둘째 아이를 출산하게 되었을 때 어리석게도 나는 기대감에 부풀어 있었다. 시댁 가까이 사는데다 도우미 아줌마도 있으니 나는 모처럼 딸이 입원해 있는 병원에서 신생아나 들여다보며 모자母子를 돌보게 되리라 생각했다. 간간히 휴게실에서 우아하게 커피도 즐기며 갓 태어난 아기와 눈 맞추고 엄마를 닮았느니 아빠를 닮았느니 수다도 떨게 되리라.

도착부터 기대는 어긋났다. 서울역에 내리자마자 나는 산부인과가 아닌 딸의 집으로 투입되었다. 전날 밤부터 첫째 아이가 열이 40도를 오르내리는데다 사돈 역시 기침이 심해 아이한테 접근할 수 없었기 때문이었다. 아이는 당장 나의 등에 업혔다. 사위와 함께 응급실로 달려가 병실을 배당 받은 것이 다음 날 정오 무렵. 산부인과로부터 딸이 출산을 했다는 전화가 왔다. 친정 엄마도 없이, 남편도 없이.

열이 잡히고도 첫째는 심하게 보챘다. 먹지도 않고 자지도 않았다. 의사는 동생을 보게 된 상실감 때문이라고 말했다. 작년까지만 해도 저 혼자 엄마의 뱃속에 머물러 있던 아이였다. 엄마의 몸이면서 엄마가 아니고, 아기의 몸이면서 아기도 아닌 미분화 상태에 있던 첫째가 아니던가. 아직 두 돌도 채 못 되어 엄마와의 분화도 이뤄지지 않았는데 연년생으로 동생을 보게 된 스트레스가 쓰나미처럼 아이를 덮친 것이라 했다. 옛 어른들이 세 살 이전 아이가 아우를 보게 되면 까닭 모르게 아프고 마른다고 하던 얘기가 빈 말이 아니었던 모양이었다.

의사의 말은 현실로 나타났다. 퇴원하여 엄마와 동생을 만나러 간 첫째는 아빠의 목을 놓지 않았다. 마스크로 무장한 사돈이 토마토 같이 빨간 신생아를 아이 앞에 내밀며,

"잘 봐. 동생이야. 이쁘지?"

하자 아이는 외면하며 울음을 터뜨렸다. 엄마한테 오라고 해도 거들떠보지도 않았다. 아빠한테만 필사적으로 매달리며 세상 떠나갈 듯이 울었다. 신생아도 놀랐는지 따라 울었다. 병실 안이 갑자기 울음바다가 되었다. 사돈이 당황하여,

"애까지 왜 이래? 애는 또 왜 울어?"

사위가 순간 첫째를 사부인 무릎에 짐짝처럼 던졌다.

"엄마도 그러는 거 아니야. 첫째밖에 모르지. 나 어렸을 때도 형이 감기 들면 당장 병원에 데려가고 둘째인 내가 아프면 내버려 뒀잖아. 개가 울긴 왜 울 것 같아? 동생 된 설움으로 우는 거잖아."

자식 인심이 범보다 무섭다고 했던가. 부모는 자식이 아무리 미운 짓을 해도 어른이 되면 자랑스러웠던 일을 더 많이 기억한다. 그런데 자식은 부모가 죽을 만큼 힘들게 키워도 서운했던 일만 생각나는 모양이었다.

지금은 엄마가 되어 있는 나의 딸도 사위와 다르지 않음을 나는 알고 있었다. 직장생활을 하는 엄마를 도와 외할머니가 살림을 맡아 주셨을 때 할머니는 동생인 손자를 더 귀히 여기셨다. 손녀가 아프면 대충 넘어가고, 손자가 아프면 부랴부랴 병원으로 데려갔다. 손녀가 아직 덜 나았으면 인심 쓰듯 끼워서 데려갔음은 물론이다. 반대로 손자가 먼저 아파 병원에 가게 되면 뒤늦게 아픈 손녀도 같이 데려갔다가 손자가 나으면 아직 덜 나은 손녀마저 자동적으로 병원을 마쳤다. 할머니의 자식 경영 방식이었을 거라고 머리로는 이해하지만 마음속에는 서운함이 남아 있는 것 같았다. 사위도 아마 같은 심정일 것이었다.

무릎에 던져진 첫째를 포대기로 업은 사돈이 말없이 밖을 나갔다. 아들에게 미안한 마음을 그런 식으로 내비치는 것 같았다. 사랑은 그렇게 더 많이 사랑하는 쪽을 약자로 모는 속성을 지니고 있었다. 자식을 두고 부모가 약자가 될 수밖에 없는 이유이다.

"잘 생긴 우리 차남 좀 안아볼까?"

신랑에게 아이를 넘긴 딸의 눈에 언뜻 눈물이 비쳤다. 부부 한 몸이라 시어머니에게 푸대접 받고 자란 신랑에 대한 연민인지, 어린 날 할머니로부터 핍박받은 제 설움 때문인지는 알 수 없었다. 어쩌면 저도 나도 모를 기발한 슬픔이 때 맞춰 머리에 떠올랐는지도 모를 일이었다. 나는 둘을 남겨두고 밖으로 나왔다.

병원 로비에서는 울다 지친 첫째가 할머니의 등에서 졸고 있었다. 편안하게 등에 엎드려 자면 좋으련만 고집스럽게도 자지 않으려 애쓰며 두 손으로 할머니의 옷을 꼬옥 붙잡고 있었다. 엄마를 욕망하다가 아빠를 욕망하다가 이제는 그 욕망이 할머니한테로 옮겨 가 있었다.

나는 아이의 얼굴을 가만히 사돈의 등에 뉘었다. 양손으로 부터도 살며시 옷을 풀었다. 자거라, 아가야. 아무 걱정 말거라.

"잠들었나요?"

사돈이 낯빛으로만 나에게 물었다.

"네에"

우리는 휴게실로 자리를 옮겨 커피를 뽑았다. 설탕과 프림이 범벅이 된, 일회용 커피였다. 마시면서 사위와 며느리의 흉도 조금 보았다. 즈네들도 자식 키워보면 알겠지요? 우리는 은밀하게 복수도 모의했다.

갑자기 나의 어깨가 후두두 떨려 왔다. 아까부터 오슬오슬 한기가 들더니 몸살이 오려나 보았다. 얼굴이 벌게지면서 열이 오르고 마침내 귀까지 멍멍해져왔다. 첫째가 퇴원을 하니 이제는 내 몸이 반란을 일으키는 모양이었다. 어쩌면 자식을 낳아 그 자식이 다시 자식을 낳은 마당에도 아직 치러야할 사랑의 빚이 분노가 되어 깃발을 흔들고 있는지도 모를 일이었다. 나는 황급히 사돈을 외면했다.

"괜찮아요. 긴장이 좀 풀리나 봐요."

사돈이 울듯이 내 손을 덥석 잡았다.

"편하게 생각하십시다. 세 라 비(C'est la vie). 이런 게 인생 아니겠어요!"

내 앞에 놓인 잔

집안 모임이 있는 날이다. 형제들과 사촌, 육촌들이 숯불 갈비
집으로 모였다. 연로하신 어른들은 모두 돌아가시고, 60대들이
주축이 되어 있었다. 이제 대부분 현직에서 물러나 건강 이야기,
손주 이야기들로 화기애애했다. 분위기가 좋았다.

건배는 좌장격인 맏이가 맡았다. '원하는 것 보다 더 잘 풀리
라.'는 '원더풀'이었다. 일행은 모두 그를 따라 '원더풀'을 외쳤
다. '원더풀'이란 말이 이렇게 원더풀한지는 예전엔 미처 몰랐
다. 모임이 한층 더 원더풀해진 것 같았다.

갈비가 몇 번 보태어지고 된장과 밥이 나오자 각자 그 동안의
소식을 나누기 시작했다. 암 수술을 한 시누이가 단연 관심거리

였다. 변호사 아버지에, 의사 남편에, 자신은 교수에다 미모까지 갖춘 시누이는 오십이 다 된 나이에도 오빠들의 사랑을 독차지하고 있었다.

무엇보다 나는 초등시절의 시누이가 영 잊혀지지 않았다. 너, 나 할 것 없이 가난했던 1970년대에 열 살도 채 안 된 여자아이가 양장점에서 원피스를 맞추어 입고 마리아네 집에서 미제 코코아를 사다 먹는 것을 보며 나는 무엇을 생각했던가.

투병 중인 시누이는 이제 예전과 많이 달라져 있었다. 이상한 화장도 하지 않고, 높은 구두도 신지 않으며, 엘리자베스 여왕 같던 모자도 쓰지 않았다. 팔을 걷어붙이고 손수 고기를 가위질하며 맛있다고 연신 감탄을 하고 있었다. 갈비 구경도 못 해 본 사람처럼 옆에 앉은 내게도 부지런히 권하며 상추쌈에 고기를 싸서 입 안으로 가져갔다.

내 차례가 되었다. 나는 외국에서 어려움을 겪고 있는 딸의 근황을 전했다. 딸은 심각한 병을 앓고 있었다. '청각 예민증' 이었다. 어려서부터 귀가 좋았고 절대음감을 갖고 있어서 바이올린을 하게 되었는데, 성인이 된 지금 그것이 오히려 불행의 씨앗이 될 줄이야!

아이는 현재 음악을 그만두어야 할 위기에 놓여 있었다. 지난 시즌부터 비행기 이동을 요하는 연주는 피해 왔는데 그것은 슬

193

픈 결정이었다. 외국 오케스트라의 일이란 것이 비행기를 타는 일이 팔 할에 가까운데 그것이 불가능하다는 것은 치명적인 일이 아닐 수 없었다. 어려서부터 음악 말고는 생각조차 해 보지 않은 아이가 목숨과도 같은 음악을 포기해야만 하니 기가 막히는 일이 아닌가.

이야기 도중 나는 문득 반대편에 앉은 육촌들이 내 말에 집중하지 않고 있음을 알았다. 의사 두 사람이었다. 내가 구태어 집안 모임에서 딸의 이야기를 끄집어 낸 이유는 현역 의사인 그들을 포함한 여러 사람의 조언을 구하기 위함이었는데 정작 두 사람은 이 집 된장이 맛있다고 서로 권하고 있었다. 나는 눈을 흘겼다.

"이렇게 심각한 상황에 된장 이야기나 하시고~"

이번에는 딸의 치료 상황을 설명하기 시작했다. 예술을 중시하는 나라여서 음악이나 운동 같은 전문 분야의 치료가 발달되어 있으나 '청각 예민증'은 힘드는가 보았다. 청력이 떨어지거나 울림증과 달리 '예민증'은 유전이나 스트레스 등 복합적 요인이 작용하기 때문이었다. 병원에서는 내과, 정신과, 이비인후과가 협의하고 있지만 치료 가닥이 잡히지 않는 모양이었다. 질문이 쏟아졌다. 이번에는 여자들 쪽이었다.

"일상생활에는 지장이 없구요?"

이 사람들아, 어떻게 지장이 없겠는가? 전화 코드는 뽑아 놓은 지 오래됐고, 자동차 소리, 냉장고, 에어컨 돌아가는 소리도 힘이 든다. 백화점이나 지하철 같은 공공장소에서도 귀마개를 사용해야 하는데 그나마도 오랜 시간 못 버틴다. 미세한 소리까지 확장되어 들리는 바람에 잠을 잘 수가 없고 두통이 끊이지 않는다.

지난 주에는 생일을 맞아 신랑이 팔찌를 하나 선물했는데 힘내라고 사 준 것이 고마워 팔에 끼고 잠깐 외출한 사이 정신이 없는 건지 감각이 둔해진 건지 잃어버렸다나 어쨌다나.

이야기 도중 울컥하여 눈물을 잠깐 훔치는데 옆에 앉은 동서는 팔찌가 궁금해진 모양이었다. 나는 스마트 폰으로 보내온 팔찌를 보여 주었다. 순식간에 사람들의 관심은 팔찌로 넘어갔다. 스마트폰이 옆으로 옮겨 다니는 사이 된장을 맛있게 먹은 육촌 의사 두 사람이 진료 때문에 먼저 일어났다. 그들은 입을 맞춘 듯 선진국 의사들이 포진되어 있으니 좋은 치료 방법을 강구할 거라고 위로했다.

"그럼요. 잘 될 겁니다."

떠날 자와 남은 자가 악수를 나누는데, 옆에서 팔찌 사진을 들여다보던 시누이가 스마트폰을 넘겨주었다.

"언니. 어차피 내 앞에 놓인 잔은 내가 비우게 되더라구요. 제가 지금 그걸 겪고 있잖아요. 결국은 본인이 극복해야 할 문제라니까요. 술이나 마십시다."

이제 화제는 질병 이야기로 넘어갔다. 혈압이 높기도 하고, 당뇨가 있기도 하고, 퇴행성 관절염이 있기도 했다. 허리 디스크에, 협심증에, 족저근막염을 호소하는 사람도 있었지만 어쩌겠는가. 우리는 각자 자기 앞에 놓인 잔을 들어 다시 한 번 '원더풀'을 외쳤다.

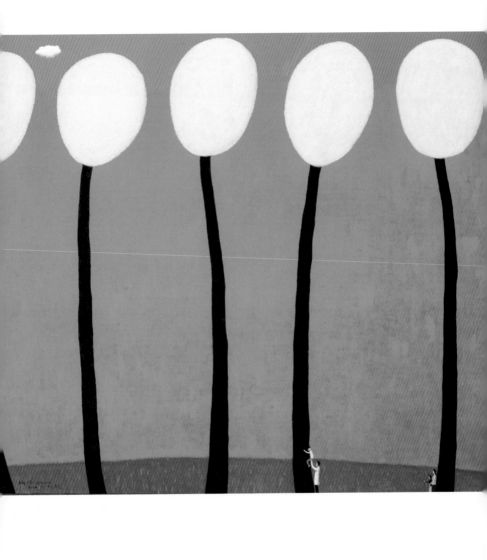

4. 쾌락의 이해

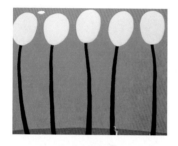

상실

딸 내외가 유럽여행을 떠나게 되어 손자를 내가 맡게 되었다. 9개월 된 로하이다. 로하는 부모를 공항으로 보내며 안녕과 빠이 빠이를 수도 없이 했으나 그것이 무엇을 의미하는지 모르는 것 같았다. 우유도 잘 먹고 거실을 기어 다니며 신나게 놀았는데 밤이 되자 사태의 심각성이 감지되는 모양이었다. 불현듯 저 혼자 엄마와 아빠가 머물던 침대 방을 가더니 울음을 터뜨렸다. 밤에도 여러 번 깨어 일어나 울었고, 새벽에도 혼자서 다시 그 침대 방으로 기어가서 울었다. 몸무게 겨우 9Kg짜리 어린 것이, 말도 못하는 어린 것이 눈을 비벼가며 엄마를 찾는 모습이라니!

네댓 살 무렵 나도 외가에 맡겨졌었다. 엄마의 건강이 좋지 않은 데다 동생이 태어났기 때문이었다. 외가에는 사람도 많고 모두 나를 귀애했으나 할머니의 등에 업혀 잠든 사이에 엄마가 나 몰래 가 버린 사실은 내 의식 속에 큰 상실감을 주었다. 나는 할머니의 등을 필사적으로 밀어내며 목청껏 울었다. 할머니와 엄마의 담합에 대한 반항이었을 것이다.

막상 어른이 되어 할머니가 돌아가셨을 때 나는 세상 다 잃은 듯한 상실감에 사로잡혔다. 할머니는 어린 날의 나의 껍데기였다. 잔칫집 가서는 나 주려고 꼬질꼬질한 손수건에 맛난 것들을 꿍쳐왔고, 백일해로 고생하는 나를 위해 산 속 무슨 열매를 따다가 달여 먹이기도 했다. 엄마 그리며 징징거리는 나를 들쳐 업고 '내 새끼, 내 새끼' 하며 동네 한 바퀴 휙 돌고 오면 내 마음이 조금 가라앉았다.

사흘이 지나자 로하는 더 이상 엄마를 찾지 않았다. 9개월짜리 아이에게는 사흘이 유효기간인 것 같았다. 침대 방에도 혼자 기어가지 않았고, 나의 등을 밀어내거나 떼를 쓰는 일도 없었다. 오히려 포대기를 끌고 오며 내 등을 찾았다. 업어달라는 뜻이었다. 나는 포대기를 둘러 로하를 업었다. 로하는 온몸을 나의 등에 붙였다. 두 팔로 나의 목을 끌어안기까지 했다. 아이는 터득하기 시작한 걸까. 삶은 잃어가는 과정이라는 것을. 어른이 되면 할머니의 등 또한 잃게 된다는 것을.

삼겹살과 프로이트

늦은 나이에, 전공도 아닌 '프로이트 독회'를 기웃거린다는 것은 만용일 수도 있겠다. 허지만 기회가 좋았다. 나처럼 우연찮게 프로이트에 발을 들인 용감한 의사 한 분이 기꺼이 길을 터 주었던 것이다.

회장을 맡은 심리학 교수는 17권의 프로이트 텍스트를 1년 반에 걸쳐 읽을 계획이라고 밝혔다. 그는 회원들에게 라캉이 프로이트의 텍스트를 제대로 읽지 않은 프로이디언들을 통탄하며 〈프로이트로 돌아가자〉라는 기치를 내건 일을 상기시켰다. 그것은 곧 우리의 공부가 〈프로이트의 텍스트로 돌아가자〉라는 뜻이었던 것이다.

그는 또한 독회 기간 동안 독서를 위한 독서는 지양해 달라고 주문했다. 텍스트와 독자를 잇는 독서공간에서 존재의 전환이 일어나는 감동의 접점을 찾아달라고도 말했다. 영혼의 떨림을 경험해 달라는 뜻으로 들렸다. 글을 통한 영혼의 떨림. 얼마나 벅찬 감동일까.

뒤풀이에서는 소주와 삼겹살이 나왔다. 불판 위에 고기와 김치를 올리다보니 궁금증이 생겼다. 이미 세상을 떠난 프로이트의 눈에는 지구 반대편의 한 작은 나라에서 늦은 밤 삼겹살을 구우며 자신의 텍스트를 탐하고 있는 사람들이 어떻게 비쳐질까. 그의 무엇이 20세기 전 유럽을 흥분시켰던 것일까.

학부 때부터 프로이트에 심취했다는 한 회원이 고백했다.

"쾌락은 죽음에 종사한다!"

또 다른 회원이 받았다.

"증상은 기억의 상징이다!"

아까부터 삼겹살만 굽고 있던 나는 생뚱맞게도 유행가 한 소절을 떠올렸다. 송창식이 부른 '사랑이야'에 나오는 가사이다.

'단 한 번 눈길에 부서지는 내 영혼 ~.'

그리고 보면 인간의 영혼은 유리알처럼 예민하여 눈길 한 번,

글 한 줄에도 떨림을 경험하고 마침내 부서지기도 하는가 보았다.

밤이 깊었다. 누군가가 소주잔을 들어 건배를 외쳤다.

"프로이트를 위하여!"

깜짝 놀란 삼겹살이 서둘러 익기 시작했다.

부적

첫돌을 앞둔 손자가 걸음마를 시도한다. 한 발짝씩 떼어 놓으면 좋으련만 마음이 앞서 연신 넘어지고 엉덩방아를 찧는다. 가만히 보니 오른손에 접이 부채가 들려 있다. 한겨울에 웬 부채를? 온 집 안 서랍장을 뒤지며 놀더니 알록달록하게 고운 것이 눈에 들어왔나 보다. 빈손으로도 걸음이 서툰 판에 부채까지 들고 있으니 얼마나 걸리적거릴까. 길쭉하여 넘어지기라도 하면 얼굴을 찌를 위험도 있다. 달래어 받으려니 어림도 없다. 억지로 빼앗으니 울음을 터뜨린다. 오히려 부채를 의지 삼아 걸음마를 하고 있는 게 아닌가. 부채 없이는 발을 뗄 엄두조차 못 내고 있다.

아이는 부채를 어떻게 인식하는 것일까. 돌짜리이니 더위용으로 알지는 못할 터이다. 태어나 처음 맞는 올 여름에도 누워만 있는 갓난쟁이였기 때문이다. 지팡이로 여기기에도 무리가 있다. 한 뼘 남짓 길이라 땅에도 닿지 않을뿐더러 집 안에는 지팡이를 사용하는 사람이 아예 없다. 냄비뚜껑이나 공처럼 그저 가지고 노는 장난감으로만 보기도 어려운 것이 걸음마 연습 때면 유독 부채만 손에 들고 있다. 도대체 부채는 아이한테 어떤 의미일까. 아이한테 부채가 왜 특별할까. 넘어질 때마다 얼굴을 찌르고 가슴을 치는 것을?

입술이 터져 한바탕 피가 난 후에 아이 엄마가 부채를 치웠다. 그리고 며칠 후 식사를 하다 우리는 경악을 금치 못했다. 아이가 의기양양하게 열 걸음쯤 한꺼번에 뚜벅뚜벅 걸어 보이는 것이 아닌가! 어떻게 찾아냈는지 한 손에는 문제의 부채가 들려 있었다.

"도대체 부채가 뭐길래~"

아이 엄마가 고개를 흔드는데,

"오호! 녀석한테는 저게 부적이었던 셈이군."

아이 아빠가 감탄하며 박수를 친다. 나도 덩달아 박수를 치며 마음속으로 생각했다. 이제부터 저 녀석이 엄마 아빠의 부적이 되겠구나.

부부

이번 동유럽 여행에서는 부부 한 쌍이 합류를 했다. 남해에서 온 부부였다. 남해에서 태어나 평생 동안 농사를 지어온 사람들로 아내의 환갑 여행이라 했다. 아내는 짙은 선글라스를 쓰고 있었다. 뇌혈관 축소 현상이 일어나 한 쪽 눈이 불편하기 때문이었다. 눈이 이상해서 안과를 다니다가 의사의 권유로 신경외과를 갔더니 뇌혈관 이상으로 판정이 났다 하였다. 한 달 후로 수술 날짜가 잡혀 있는 상태였다.

남편은 어딜 가나 아내의 손을 잡고 다녔다. 시력 감퇴로 인해 거리 조정이나 길의 높낮이가 구분 안 되어 넘어지기라도 할까 봐 염려되어서였다. 아내는 끊임없이 불평을 하며 따라 다녔다.

남 보기 창피해서 안 오려 했는데 억지로 멀리까지 끌고 왔다는 것이었다.

"보기 좋은데요, 뭘. 고맙게 생각하세요."

옆에서 내가 거들면,

"성할 때는 손 한 번 안 잡아주더니 송장 될 만하니까 남세스럽게 끌고 다니누만요."

하며 민망해했다.

남편은 남편대로 소신을 굽히지 않았다. 어린 나이에 맏며느리로 시집 와 부모 잘 모시고, 시동생과 시누이를 출가시킨 아내라 했다. 딸 둘 아들 하나를 낳아 작년 가을 막내까지 짝을 맺어 주었는데 이제 좀 살만 하니까 병이 터졌다. 좋은 일도 아니고, 수술 후도 어떻게 될지 모르는 상황이라 기왕에 자식들이 환갑여행 보내 주기로 한 김에 데리고 나섰다는 것이었다. 두 사람은 씩씩하게 일행을 잘 따라다녔다.

사건은 여행 닷새째에 터졌다. 폴란드의 소금광산 방문 때였다. 소금광산은 유네스코 자연 문화재 제1호로 우리는 총 130m에 달하는 지하로 내려가 암염으로 이루어진 온갖 미술품들과 제단, 조각상을 보기로 되어 있었다. 문제는 그 많은 지하 계단을 부부가 어떻게 내려가느냐 하는 것이었다. 설상가상으로 현지 가이드는 걸음까지 재발라서 성한 사람도 따라 잡기 어려운 상황이었다.

우리는 말없이 600년 전 탄광으로 끌려 온 광부들처럼 줄을 이어 계단을 내려갔다. 선택의 여지가 없는 일이었다. 출발지점으로 되돌아가는 코스가 아니었기 때문에 뒤에 처질 수도 없고, 어두컴컴한 지하라 우물쭈물하다가는 길을 잃을 우려도 있었다.

무려 두 시간 동안 우리는 지하 광산을 헤집고 다녔다. 막장에 이르러서야 겨우 헝가리에서 폴란드로 시집 온 킹카 공주가 소금 광산을 지참금으로 가져 왔다 하여 만들어졌다는 킹카 교회 앞에 섰다. 지칠 대로 지친 남해 부부가 성모마리아 부조물에 기대어 쉬고 있는 모습이 보였다. 아내는 보자기처럼 소금바닥에 퍼질러 앉아 있고, 남편은 혼신을 다해 아내를 여기까지 데려 오느라 넋을 잃은 모습이었다. 입술이 퉁발이처럼 부풀어 올라 있었다.

"힘드시죠?"

"아니요. 대단하구만요."

"올라갈 때는 엘리베이터를 이용한대나 봐요. 수고하셨어요."

바로 그 순간이었다. 일행 중 한 여인이 소금 길에 미끄러져 발을 삐끗하는가 했다. 쉬고 있던 남해 남자가 쏜살같이 달려가 여자를 부축하는데, 아뿔사, 이번에는 남자가 온몸을 보리자루처럼 바닥에 내던지고 말았다. 주위가 술렁거리고, 다행히도 두 사람 다 무사한 것이 밝혀진 후에야 뒤늦게 사태를 파악한 아내가 남편의 등을 치며 통곡을 했다.

"오지랖도 넓은 기라. 지 계집이나 챙길 것이지 남의 계집까지~"

남편이 아내를 안으며 멋쩍게 웃었다.

"자라 보고 놀란 가슴 솥뚜껑 보고 놀란다고, 당신인 줄 알았제. 괜찮다 카이~"

저거!

20개월짜리 외손자 로하가 할 수 있는 말은 '엄마' '아빠' 가 고작인데, '저거!' 를 터득하고부터는 의사 표시가 부쩍 활발해졌다. 개구리를 가리키며 '저거!' 하면 '저거 뭐예요?' 이고, 미끄럼틀을 가리키며 '저거!' 하면 '저거 탈래요.' 이며, 낯선 이가 집에 찾아왔을 때 '저거!' 하면 '저거 누구예요?' 이다. 눈만 뜨면 대추씨만한 손가락으로 '저거' 를 가리키면서 묻고 요구하고 떼쓰기를 반복한다.

로하가 특별히 관심을 보이는 것은 자동차이다. 엄마는 로하를 위해 여러 종류의 장난감 차를 알뜰시장에서 중고로 구입해 주었다. 로하는 틈만 나면 그 모든 차를 종류별로 구분해서 줄을 세우며 논다. 내 눈에는 거기가 거기지만 로하의 눈에는 다르게 보이는 모양이다.

로하는 주차장에서도 아빠 차를 한눈에 찾아낸다. 스케치 북에 그림을 그릴 때도 차를 즐겨 그린다. 사람을 그리면 목에서 바로 팔과 다리가 나와 외계인처럼 되지만 자동차는 소방차, 지프차, 트럭을 제법 알아볼 수 있게 그려낸다. 바퀴를 좋아해서 차보다 바퀴를 더 크게 그릴 때도 있지만.

오늘은 로하가 흥분을 좀 했다. 외식을 하는 날이기 때문이다. 할머니, 할아버지, 삼촌에다 외할머니인 나까지 합류했다.

패밀리 레스토랑에 도착하자 로하의 흥분은 극에 달했다. 알록달록한 실내장식에다 벽에는 빨간 장난감 차가 걸려 있는 게 아닌가! 그 차는 정말 크고 근사했다. 로하의 손가락이 '저거'를 가리켰다. '저거 주세요.' 이다.

"안 돼. 저건 우리 모두 같이 보는 거야."

아빠가 말했다. 로하가 두 번 세 번 손가락으로 가리켰다.

"안 된다니까. 저건 네 꺼 아니야."

엄마가 꾸짖었다. 로하가 울음을 터뜨렸다. 삼촌이 로하를 안고 밖을 나가고, 어른들은 음식 주문을 했다. 밖이 추울텐데. 삼촌이 잘 타이를 거예요.

로하는 잘 타일러지지 않았다. 떼쓰며 우는 소리가 안까지 들려왔다. 아빠가 나가고 삼촌이 들어왔다. 밖이 엄청 추워요. 사내아이라 고집이 세군. 할머니가 나에게 소곤거리듯 말했다.

"주인한테 양해를 구해보는 게 어떨까요? 저 차 잠깐만 빌려달라고~"

"뭐라고?"

할아버지가 나 대신 격하게 반응했다.

"당신이 아이를 망쳐 놓는다니까! 안 되는 건 안 되는 거지!"

음식이 왔다. 로하도 아빠와 함께 들어왔다. 입을 쑥 내민 채로 아빠의 눈치를 살피고 있었다. 한 대 얻어맞은 것 같았다. 엄마가 로하를 달래며 고기를 좀 먹여 보려 했으나 로하가 고개를 외로 꼬았다. 얼굴에 불만이 가득했다. 아빠가 눈을 부릅뜨자 로하가 할머니의 품을 파고들었다. 할머니가 포크를 놓고 로하를 안고 나갔다.

"그래, 내가 사 줄게. 빨간 차 사러 가자."

우리는 음식을 먹기 시작했다. 누구는 통후추를, 누구는 칠리소스를 주문했지만 챙길 겨를도 없이 허겁지겁 먹었다. 이 밤에 로하의 손을 잡고 빨간 차를 찾아 헤매고 있을 할머니를 생각하며 우리는 모처럼의 비싼 음식을 전쟁터에서 피죽을 먹듯 아무렇게나 먹어치웠다.

디저트도 생략하고 내가 몸을 일으켰을 때 로하가 할머니의 등에 업혀 들어왔다. 아이는 잠이 들어 있었다. 빨간 차는 실패한 모양이었다. 내가 받아 안았을 때는 아직도 울음 끝이 남아 있는지 간간히 얼굴을 들어 훌쩍거렸다.

집에 도착해서 로하를 침대에 눕히고서야 우리는 로하가 저녁을 굶었다는 사실을 깨달았다. 그리고 보니 점심도 굶었던 것 같았다. 이 사람 저 사람에게 제 차를 자랑하느라 먹는 둥 마는 둥 하였다. 조립식 기차 바퀴가 하나 빠져서 책상 밑까지 뒤지느라 혼이 나기도 했다. 레스토랑에서는 엄마도, 아빠도, 할머니도 해줄 수 없는 것을 탐내다 밥도 못 먹고 매만 번 셈이 되었다.

"그깟 차가 뭐라고. 얻어맞기나 하고."

이 많은 자동차를 집에 두고도 로하는 왜 그 빨간 차가 갖고 싶을까. 로하에게 자동차는 채울 수 없는 결핍이었을 것이다. 결핍은 욕망을 부르고, 욕망은 되풀이된다. 어쩌면 우리 모두 누군가 혹은 무엇인가가 우리의 욕망을 채워줄 수 있으리라고 믿고 있는 것은 아닐까? 그들 또한 우리와 똑 같이 치명적인 결핍에 갇혀 아무것도 해 줄 수 없음을 믿고 싶지 않은 게 아닐까. 나는

울컥하여 로하의 양말을 벗기며 얼굴에 번진 마른 눈물을 닦아
주었다.

기침과 날개

    기침 때문에 잠에서 깨어났다. 한밤중이다. 감기에 몸살이 겹친 모양이다. 열이 높고 온몸이 쑤신 지가 벌써 일주일째다. 기침이 가장 문제다. 일주일쯤 계속하다보니 시작하면 벌써 그 진동으로 가슴이 터져나갈 것만 같다. 따뜻한 물에 녹차를 넣고 천천히 들이킨다. 기침과의 타협이다.

    병에도 질량불변의 법칙이 있는 것일까? 어느 시대나 의술이 미처 따라 잡지 못하는 병이 있는 것 같다. 1930년대에는 기침이 그러했다. 지금은 기침을 대수롭지 않게 여기지만 당시에는 기침이 바로 결핵의 암시였고 죽음의 저승사자였다.

    결핵이 얼마나 치명적인 병이었나 하면 문단의 천재 이상李箱을 보면 알 수 있다. 27세의 젊은 나이에 폐결핵으로 생을 마감한 이상은 그의 수필 「산촌여정」과 「권태」에서 평안남도의 후미진 벽촌이라는 같은 공간을 두고 집필 시점에 따라 판이한 작풍作風을 보여주고 있다.

「산촌여정」은 죽음이 절박하게 다가오지 않은 시기에 쓴 작품으로 경쾌한 터치로 자연을 묘사하고 동경하는 대상들을 서정적인 느낌으로 따뜻하게 그려낸 수작이다.

'건너편 팔봉산에는 노루와 멧도야지가 있답니다. 그리고 기우제 지내던 개골창까지 내려와서 가재를 잡아먹는 곰을 본 사람도 있습니다. 동물원에서밖에 볼 수 없는 짐승, 산에 있는 짐승들을 사로잡아다가 동물원에 갖다 가둔 것이 아니라 동물원에 있는 짐승들을 이런 산에다 내어 놓아준 것만 같은 착각을 자꾸만 느낍니다.'

그러나 「권태」는 병이 깊어진 시기에 쓴 글로써 자연에 대한 적대적 감정을 표출하며 작가의 내면에 짙게 깔린 권태를 표현하고 있다.

'서(西)를 보아도 벌판, 남(南)을 보아도 벌판, 북(北)을 보아도 벌판, 아아 이 벌판은 어쩌라고 이렇게 한이 없이 늘어놓았을꼬? 어쩌자고 저렇게까지 똑같이 초록색 하나로 되어 먹었을꼬?'

다시 기침이 시작된다. 시계를 보니 두 시다. 온 세상이 잠든 한밤중에 기침 때문에 나 홀로 깨어나 있다. 쿨럭쿨럭쿨럭. 온몸을 진동시켜 한참을 쿨럭댄다. 가슴통이 이제는 두통으로 전이된다. 머리가 욱신거리고 빠개지는 것 같다. 도대체 언제까지 이 노릇을 해야 한단 말인가?

약을 먹고 침대에 다시 눕는다. 문득, 한순간 세상이 정지된듯한 느낌에 사로잡힌다. 기침이 멎음과 동시에 덮친 정적이다. 그어떤 움직임도 소리도 호흡마저도 들리지 않는다. 검은색 멈춤화면이다. 섬뜩하다. 번개처럼 뒤통수를 치는 생각, 기침은 병이아니다. 증상일 뿐이다. 그렇다면 기침을 통해 내 몸이 나에게무언가를 말하고 싶은 게 아닐까. 호소하거나 경고하거나 외치고 싶은 게 있지 않을까. 혹은 너무 힘들다고, 쉬어가자고 비명이라도 지르고 있는 것일까.

화면이 풀린다. 흑백화면 속에서 한 젊은이가 심하게 각혈을하고 있다. 이상李箱이다. 흰벽. 붉은 피. 그리고 죽음. 그는 어찌하여 기침으로 피를 토하게 되었을까. 그의 몸은 무엇을 절규하다가 꽃다운 나이에 쓰러졌을까.

20대의 젊은 나이에 폐결핵을 앓은 이상李箱은 요양지에서 기생 금홍을 만나 자전적 소설 「날개」를 쓰게 된다. 금홍이 매일밤 모이처럼 놓고 간 돈을 변기에 버린 그 날, '나는 내가 살고 있는 지구가 질풍신뢰의 속력으로 광대무변의 공간을 달리고 있다는 것을 생각했을 때 참으로 허망하였다. 나는 이렇게 부지런한 지구 위에서는 현기증도 날 것 같고 해서 한시 바삐 내려 버리고 싶었다.' 고 했다.

이 얼마나 이율배반적 슬픈 소망인가. 그가 절망한 세상이 빠른 속도로 진화하였기에 그를 가두었던 가난과 질병이 극복되지 않았는가. 1930년이라면 겨우 80년 전인데 결핵이 그토록 어려운 병이었던가. 그렇게도 젊은 나이에, 문학성이 높은 탁월한 작가를 무너뜨릴 병이었던가. 만일 지금 그가 살아있다면 그가 원했던 이상理想의 세계는 어떤 것이었을까. 그의 날개는 어디를 향해 날고자 했을까.

기침이 조금씩 잦아드는 눈치다. 이럴 때 가장 좋은 방법은 잠을 청하는 일이다. 아침까지 무사히 잘 자고 나면 나의 기침은 한결 순해질 것이다. 천재도 아니고 깊은 고민도 없는 나는 단지 기침과 타협하는 일에만 몰두할 뿐이다.

그러나 불현듯 겨드랑 한 켠이 가렵지 않은 것은 아니다. 기침이 시작된 이후 내내 이상李箱에 골몰한 나머지 내 인공의 날개가 돋았던 자국이다. 어쩌면 나는 잠든 동안 잠꼬대를 하고 있을지도 모르겠다. 날개야 돋아라. 그를 만나러 가자꾸나.

왕비의 촌락

Y.

파리에 무사히 도착했습니다. 기상악화로 비행기 출발이 늦어 염려했으나 도착해보니 파리의 날씨는 말짱했습니다. 겨울이라고는 하나 기온이 그리 내려가지 않아 꽃집에서는 원예용 식물들을 밖에 내어놓고, 공원에는 잔디가 그런대로 푸른빛을 유지하고 있습니다. 바람만이 제법 쌀쌀한 것이 매서운 기운을 품고 있습니다.

오늘은 베르사유궁으로 루이 16세의 왕비였던 마리 앙뜨와네뜨를 만나러 갑니다. 그녀가 처형될 때까지 살았던 쁘띠 트리아농이 얼마 전 복원되었다고 하는군요. 트리아농은 본시 베르사유궁전 북서쪽에 위치한 작은 마을이었으나 휴식과 오락 공간을 가지고 싶었던 루이 14세가 이 마을을 사 들여 간식을 먹거나 휴식을 취하는 별궁으로 사용함으로써 붙여진 이름입니다.

베르사유궁 안에는 루이 14세 때 지은 그랑 트리아농과 루이 16세 때 지은 쁘띠 트리아농이 있는데, 유독 쁘띠 트리아농으로 관광객이 몰리는 것은 파란만장한 생을 살았던 마리 앙뜨와네뜨의 삶과 더불어 촌락처럼 꾸며놓은 트리아농의 특징 때문이기도 합니다.

미니열차를 타고 도착한 쁘띠 트리아농에는 마리 앙뜨와네뜨의 사진이 걸려 있습니다. 시대에 따라 미의 기준이 다르긴 하지만 썩 아름다운 얼굴은 아니었다고 합니다. 턱은 친정이었던 합스브르크 왕가의 주걱턱을 물려받은 듯 하고, 얼굴은 긴 편이었다지요. 어머니였던 마리 테레지아 여왕이 딸에게 보낸 편지 중에는 '너는 그리 예쁜 얼굴이 아니니 다른 매력으로 사람들 마음에 들도록 노력하라.' 는 구절이 있다고 합니다. 그녀의 나이 15세 때의 일입니다.

Y.

여자의 15세는 어떤 의미를 갖는 걸까요? 미소를 띠고 있는 마리의 얼굴에서 저는 셰익스피어의 줄리엣을 보았습니다. 오스트리아 여왕의 막내딸로 태어나 정략 결혼으로 프랑스로 시집오기까지는 철부지 '줄리엣'에 불과하지 않았을까요. 프랑스어, 라틴어, 궁중 에티켓 등은 배웠으나 정치수업은 받지 못했다고 합니다. 왕의 사랑을 받지 못하자 사치와 도박에 빠지게 되지요.

당시 화가들이 그린 풍자화에는 엄청난 그림들이 등장합니다. 1미터가 넘는 가발을 쓴 왕비가 있는가 하면 정부情夫와 밀회를 나누는 노골적인 장면이 나오기도 하고, 괴물 왕비가 등장하기도 합니다. 실제로 2,500캐럿이나 되는 다이아몬드 사건에 연루되기도 했을 뿐 아니라 각종 염문설에 휘말리기도 했다지요. 오랜 기다림 끝에 자녀를 출산하기는 하나 그 중 한 명을 잃는 슬픔을 겪기도 합니다.

정치 상황 또한 좋지 않았습니다. 루이 14세 때부터 오랜 전쟁으로 무거워진 세금에 불만을 품던 시민들이 루이 15세 때는 조금씩 불평하기 시작하다가, 루이 16세에 이르러서는 거리로 뛰쳐나와 외치기 시작했지요. 이 시기에 왕비가 말했다는 '빵이 없으면 초콜릿을 먹으면 되지 않느냐'는 반응은 혁명군에게 또 다른 빌미를 제공했다고 합니다.

Y.

이제 저는 트리아농의 정원으로 나왔습니다. 정원은 촌락으로 꾸며져 있습니다. 화려함에 싫증이 났을까요, 국민들의 원성이 부담스러웠을까요, 조촐한 남새밭에서부터 연못, 성당, 물레방아, 정원, 농장까지 보입니다. 왕비는 무료함을 달래느라 농장에서 금방 짠 우유를 마셔보기도 하고, 연못의 오리에게 먹이를 주기도 하며, 채소에 물을 뿌려보기도 했다는 얘기가 들립니다.

숲을 낀 오솔길을 걸어봅니다. 울창한 나무 사이로 겨울바람이 입니다. 쌀쌀한 날씨에도 미니열차를 거부하고 손을 잡고 거니는 연인들이 드물지 않게 보입니다.

왕비가 밀회를 즐겼다는 정자에도 올라봅니다. 사랑의 조각품들이 깨끗하게 관리되어 있습니다. 궁에서 태어나 궁밖에 몰랐던 한 여인의 불행했던 삶이 몸으로 전해 오는 듯 합니다. 열쇠 만들기와 사냥에만 몰두했던 검소한 왕과 드레스와 춤과 파티를 즐겼던 왕비의 결혼 생활이 평탄하지는 않았을 것은 상상하기 어렵지 않겠지요.

연못에 백조 한 마리가 떠 있군요. 우연인지, 연출인지는 알 도리가 없습니다. 하늘을 향해 고개를 한껏 치켜들고 물 위를 유유히 헤엄치고 있습니다. 혁명군에 의해 단두대의 이슬로 사라질 때 왕비의 모습도 저러했다고 합니다. 아름답던 금발은 하얗게 세어 수건으로 가린 채 도도하게 심판대에 올랐다고 하지요. 그날따라 유난히 맑았다던 하늘을 보며 무슨 생각이 떠올랐는지 궁금해지는군요. 사후에는 머리를 다리 사이에 끼운 자세로 마드렌느 공동묘지에 묻혔다고 하니 새삼 인생의 무상함이 느껴집니다.

Y.

마리 앙뜨와네뜨가 죽은 100년 후에는 아시아의 작은 나라 조선에서 명성황후가 고종과 혼례식을 올렸습니다. 비슷한 나이에 왕비가 되어 불행한 생을 살았던 인물이지만 국민의 사랑과 추앙을 받았던 여인이었지요. 평민의 외동딸로 태어나 어린 나이에 부모를 여읜 탓인지 자기 삶을 스스로 일구며 처절하게 살았습니다.

그녀에게 별궁은 어떤 의미였을까요? 촌락은 물론 다이아몬드나 염문도 없었습니다. 그녀의 별궁은 어느 날 갑자기 일본 낭인들이 쳐들어온 전쟁터였습니다. 그들에 의해 살해된 후 무참하게 불살라진 곳이었습니다. 지금도 경복궁의 기둥 밑에는 불탄 잔재가 나누어 묻혀 있다고 하지요.

미니열차를 타고 출발지로 돌아가면서 상념에 잠겼습니다. 귀국하면 다시 한 번 경복궁에 들러 기둥이나마 쓸어보고 싶습니다. 인생은 역시 한단지몽邯鄲之夢인가요? 함께 가시지요. 만날 때까지 안녕히 ….

야래향

며칠 전부터 몸이 찌뿌드드하고 목이 칼칼하더니 오늘 아침에
는 목이 아예 잠겨버렸다. 몸 어디가 특별히 고장 났거나 병이
있는 건 아닌데도 어렸을 때부터 감기가 잦아 계절만 바뀌면 순
순히 넘어가는 법이 없다.

할머니는 부실한 손녀가 못마땅하여 아이 대신 안티(탯줄)를 키
웠느냐고 엄마를 나무랐다고 하고, 외할머니는 잔병 하는 사람
이 오래 산다고 하니 걱정하지 말라고 위로했다고 한다.

며칠 나 아픈 일에 열중하다 보니 베란다의 화초들이 수상쩍
다. 그 중에서도 야래향이 눈에 띄게 시들어 간다. 잎사귀를 자
세히 보니 진딧물이 끼기 시작했다.

야래향夜來香은 일명 기생꽃이라고도 한다. 밤에만 피는 꽃이라서 붙여진 이름이다. 며칠 전까지만 해도 가지마다 번갈아가며 꽃을 활짝 피웠었다. 향기 또한 대단하여 이른 아침 커튼을 열고 베란다 문을 열라치면 꽃향기가 먼저 좋은 아침을 선사했었다. 여름도 아닌 겨울에 진딧물이라니.

나는 놀라 부랴부랴 옷을 껴입고 꽃집에 가서 진딧물 약을 찾았다. 온 동네 꽃집을 다 뒤졌건만 철이 아니라서인지 살 수가 없다. 허는 수 없이 물티슈로 한 잎 한 잎 닦기 시작했는데, 나도 모르게 코끝이 시큰해졌다. 야래향을 내게 준 꽃 주인이 생각났기 때문이다.

그는 내가 근무한 대학도서관의 경비 아저씨였다. 키가 크고 목소리가 우렁우렁하여 철없는 학생들에게는 호랑이 아저씨로도 유명했지만 나한테는 오라버니처럼 따뜻하고 자상한 사람이었다.

출근할 때면 달려 나와 문을 열어주면서 꼭 한마디씩, 내일부터는 추워진다고 하니 감기 들지 않게 옷을 챙겨 입으라고도 하고, 늦가을이지만 비가 와서 아침 일찍부터 보일러를 약간 틀었다고도 했다. 오늘은 특별히 뉴스거리가 많아 신문을 2개나 책상 위에 올려놓았다고 할 때도 있었다.

한 번은 회의를 마치고 나오는데 우렁우렁한 목소리가 '팀장님, 팀장님'을 부르기에 돌아보았다. 무슨 급한 일이라도 있는 양 성큼성큼 다가와서 보고인지, 소식인지, 들고양이 이야기를 들려준다.

도서관 주변 산과 들에서 놀던 들고양이들이 밤이면 불빛을 찾아 학생들이 공부하는 열람실 근처로 와서 '냐웅 냐웅' 울어댄다는 것이다. 재미있는 이야기라 한바탕 웃고 돌아서려는데 멈칫멈칫 따라오며,

"방법이 없을까요?"

"무슨 방법요?"

"학생들이 무섭다는데요."

"열람실 문 앞에다 '고양이 출입금지'라고 써 붙이세요."

로비가 떠나가게 마주보고 웃었던 적도 있었다.

어느 날 출근하는데, 아저씨가 부산하게 뒤따라오더니 이번에는 야래향 이야기를 들려준다. 학교 온실에서 얻어온 야래향이 꽃을 피우기 시작했는데, 밤에만 피는 꽃이라 나한테 보여 줄 기회가 없어 어젯밤에는 아예 내 사무실에다 들여 놓았다는 것이다.

과연 사무실 문을 여니 향기가 방에 가득하다. 고맙다고, 차라도 한잔하고 가시라고 하니 두 팔을 크게 내저으며 화분을 들고

나간다. 그 후 그는 1m도 넘는 야래향을 저녁에는 사무실에 들였다가 아침에는 밖으로 들고 나가곤 했다.

여름방학 무렵 그가 웬일인지 근무 시간 중에 나를 찾아왔다. 건강검진 결과 장에서 악성종양이 발견되어 대학부속병원에서 수술을 받게 되었다는 것이었다. 나는 놀랐으나 그는 의외로 담담하게 남의 일처럼 통보하면서 야래향은 밤에만 피는 꽃이니 집으로 가져가서 키워달라는 부탁이었다.

나는 듣는 둥 마는 둥 허둥대다가 급한 대로 우선 돈만 조금 만들어드렸는데, 한 달도 못 가 사망통보를 받게 되었다. 미처 문병도 가보지 못하고….

진딧물은 쉽게 떨어지지 않았다. 물티슈가 동이 나서 헝겊을 써보니 잎 자체가 조잡하고 두껍지 않아 찢어지기도 하고, 떨어져 나가기도 한다.

날이 어두워지기 시작했으므로 스위치를 올려 베란다에 불을 밝혔다. 늦겨울의 찬바람이 한기를 돋우었으나 나는 그 일을 멈추지 않았다. 한 톨의 진딧물도 허락하지 않겠다는 적의가 생긴 터였다.

그동안 잎이 얼마나 고달팠을 것인가. 꽃 주인이 보면 나의 무심함을 얼마나 나무라겠는가. 우렁우렁한 목소리, 마주 보고 함께 웃던 일, 무거운 화분을 들고 나가던 뒷모습이 눈앞을 스쳐간다.

스위치를 내려 불을 끄니 나목이 된 야래향이 어둠 속에 우두커니 서 있다. 꽃 주인을 보는듯하여 순식간에 목젖이 젖어온다.

나의 못난 모습을 두고 그는 무어라 할까. 겨우내 이대로 견딜 터이니 안심하라고 말하는 것 같기도 하고, 바람이 차니 어서 들어가라고 손짓하는 것 같기도 하다.

묵은지

자질구레한 볼 일을 마치고 집에 들어서는데 시골에 사는 친구에게서 전화가 왔다. 작년치 김장 끝물을 나누려고 하니 생각이 있으면 오라고 한다.

"당연히 가야지, 밥만 앉혀라. 양념돼지불고기는 내가 해 갈 터이니."

부랴부랴 냉장실에서 돼지고기를 꺼내 적포도주를 붓는다. 맨손으로 자근자근 눌러놓은 후 양념준비를 한다. 진간장 반, 조선간장 반에다 고추장, 고춧가루를 푼 후 참기름, 설탕, 마늘로 간을 맞춘다. 양파, 청양고추 몇 개를 듬성듬성 썰어 완성한 후 김치통을 준비한다. 운 좋으면 묵은지 한두 쪽도 얻어올 수 있으므로 아예 김치 통에 담아 가는 것이 편리하다. 뜨거운 밥과 양념

돼지불고기와 묵은지는 겨울철 빼놓을 수 없는 삼합이다. 오늘은 또 몇 명이나 올려나?

모여든 친구는 모두 다섯 명이다. 산 밑이라 일찍 해가 지는지 어느새 밖이 어두워지려 하고 있다. 친구는 남편과 함께 마당에서 김칫독을 파내고 있다. 1년 동안 땅속 깊이 갇혀 있던 김칫독이 한숨을 토하듯 모습을 드러낸다. 지구상의 그 어떤 최선의 가치, 사랑이나 죽음까지도 준비되고 기다리는 과정이 아닐까 하는 메시지처럼 느껴진다. 침묵하고, 기다리고, 김칫독에서 김치가 익듯 고통 속에서 힘겹게 저 스스로 발효될 때 너와 나, 우리가 어우러지는 것은 아닐는지.

친구의 손짓에 따라 모두들 김치통을 들고 우르르 몰려간다. 부부는 방금 땅속에서 꺼낸 김치를 두어 쪽씩 차례로 담아준다. 묵은지 냄새가 물씬 난다. 한 해 동안 지붕처럼 이고 지냈던 곰팡내의 기운이 서려 시큼한 맛이 코를 찌른다. 우리는 모두 군침을 삼키며 묵은지 한 쪽의 맛을 즐긴다.

아득히 멀리서 온 것 같은 그 맛.

엄마의 뱃속에서부터 입력된 것 같은 그 맛.

할머니의 할머니, 다시 그 할머니의 앞치마로 전해져 온 그 맛이다.

친구의 태도가 제법 도도하다. 공평하게 차례로 나누어주는 폼이 꼭 전쟁 중 피난민들에게 구호물자를 나누어 주는 유엔군처럼 당당하다. 반면에 우리는 조금이라도 더 많이 얻으려고 안간힘 쓰는 피난민들이다. 나의 김치와 남의 김치를 연신 비교하는 꼴이 유치하기 짝이 없다.

마침내 독이 비어 돌아서려는데,

"잠깐만!" 친구가 나를 불러 세운다.

"오늘도 돼지불고기 재워왔겠지?"

"응."

내가 고개를 크게 끄덕이니 무 쪽 두어 개가 김치통에 덤으로 얹힌다. 말도 안 된다고 친구들이 아우성쳤지만 나는 잽싸게 뚜껑을 닫고 식당으로 도망친다.

식사가 시작되었다. 묵은지는 정말 묵은 맛이 있었다. 뜨거운 밥과 땅속에서 갓 꺼낸 자연발효 김치의 오묘한 신비는 그 어떤 설명으로도 모자랄 것이었다.

박식한 친구의 남편은 우리들 앞에 놓인 포도주잔을 일일이 채워주면서 삼국시대로 거슬러 올라간 우리나라의 발효식품을 화제로 이끈다.

얼마나 현명한 조상들인가. 그 옛날 신토불이라는 말조차 없던 시절에 이미 그들은 몸과 땅이 하나가 되는 지혜를 익혔으니 그것이 바로 저장식품의 시작이었다. 과학자들이 위 속의 대장균을 연구하기 전부터, 서양에서 요구르트를 먹기 훨씬 전부터 우리 조상들은 콩을 발효하여 된장을 만들고, 채소를 발효하여 김치를 만들었던 것이다.

이런 저런 얘기 끝에 내 차례가 되어 김치에 얽힌 에피소드를 하나 소개하게 되었다. 어린 나이에 프랑스에서 공부하게 된 딸아이의 이야기였다. 유난히 엄마를 밝히고 김치를 좋아했던 아이였다. 주말마다 편지를 써서 김치타령, 콩나물타령, 된장타령을 늘어놓던 철부지였다.

한번은 크게 낭패를 본 일이 있었다. 아이는 어렵게 중국시장에서 먹음직스럽게 양념된 김치 한 포기를 사 오게 되었다. 독일에서 온 룸메이트 몰래 먹어볼 요량이었다. 냄새가 특별한 김치의 특성상 결코 쉽지 않은 일이었을 터였지만 아이로서는 그렇게밖에 할 수 없는 절박함이 있었을 것이었다. 숨길 곳을 찾지 못한 아이의 머릿속에 '땅속'이라는 기발한 아이디어가 떠올랐다. 아이는 기숙사의 화단 한 귀퉁이에 김치그릇을 묻어두고 밤마다 아무도 몰래 배추 한 잎씩을 야금야금 꺼내 먹기 시작했다.

하루는 경찰이 아이를 찾아왔다. 기숙사 내 동양인 여학생 하나가 밤마다 땅을 파고 붉은 색의 무언가를 꺼내 먹는다고 신고가 들어간 것이었다. 80년대의 이야기이기도 하거니와 동양인 학생이 흔치 않은 유럽에서는 이해하기 힘든 상황이었던 것이다.

난처해진 딸아이가 허겁지겁 경찰에게 설명을 하기 시작했다.

"이게 바로 한국의 대표음식 김치랍니다. 배추를 양념해서 발효시킨 거예요. 한국에서는 겨우내 김치를 땅 속에 묻어 놓고 이렇게 조금씩 꺼내 먹지요. 드셔보세요. 맛있어요. 맛있다니까요."

그러나 경찰은 마이동풍이었다. 그는 전혀 아이의 말을 들으려하지 않았다. 두 손을 크게 저어 '붉은 색의 음식'을 극구 피하면서 불결하게 음식을 왜 땅 속에 묻느냐, 도둑처럼 왜 밤에 혼자 꺼내 먹느냐고 무서운 얼굴로 다그치기만 할 따름이었다. 마침내 경찰이 한밤중에 땅 속에서 음식을 꺼내먹는 것은 마녀가 하는 짓이라고 몰아붙였을 때 아이는 땅바닥에 주저앉아 울음을 터뜨리고 말았다. 놀란 기숙생들이 하나씩, 둘씩, 잠옷 바람으로 몰려나오고….

이야기를 마치려는 순간 내게서 예기치 못한 반응이 일어났다. 미처 발효되지 못한 분노랄까. 슬픔이랄까. 세월이 흘러 이제는 충분히 곰삭아서 가벼운 이야깃거리가 될 줄 알았던 것이 갑자기 번개가 되고 뇌성이 되어 가슴을 후려치는 것이었다. 손이 떨리고, 발이 떨리고, 목이 콱 잠겨오면서 대책 없이 눈물이 쏟아지기 시작했다.

아이에게 김치는 엄마였지 않았을까.

집이었고, 사랑이었고, 그리움이었지 않았을까.

이국땅에서 한밤중에 엄마도 없이 땅속에서 혼자 김치를 꺼내 먹을 때 얼마나 외롭고 서러웠을까. 믿었던 친구가 신고를 하고, 경찰이 달려와 마녀로 몰아붙였을 때 세상은 얼마나 큰 벽이었고, 절망이었을까.

가까스로 진정을 하고 뜨거운 밥을 입에 밀어 넣으니 구석에 둔 김치통이 젖은 눈에 들어왔다.

저것 또한 긴 세월 땅속에서 외롭고 힘들었으리라.

갖은 양념으로 만신창이가 되어 힘든 세월을 견뎌냈으리라.

젓가락으로 식탁 위의 묵은지 한 점을 집었다. 더 할 수 없이 편안하게 곰삭은 묵은지의 깊은 맛이 입 안으로 서서히 번져 나갔다.

나이 듦에 대하여

내 나이 30대 중반 무렵, 나는 세월이 흘러 빨리 50대가 되었으면 좋겠다고 생각했던 적이 있었다. 당시 나는 아이를 넷이나 둔 대책 없고 한심한 직장여성으로서 돈과 시간과 잠 부족으로 시달리고 있었다. 돈은 언제나 모자랐고, 살림하랴, 일하랴, 아이들 거두랴 늘 아쉬운 잠과 시간 때문에 눈이 벌겋게 충혈된 채 돌아다녔다.

더러는 멀리 도망가고 싶었던 적도 있었다. 연달아 사나흘 야근하고 집으로 향하는 깊은 밤, 다시 또 집에 가서 감기든 막내, 작은아이 숙제검사, 큰아이 월말고사 준비에 시달릴 것을 생각하면 아득했다. 말을 달려 사하라 사막으로 숨어들고 싶을 지경이었다. 그런 나에게 '진정한 여자의 미는 30대' 라느니, '프랑스에서는 여자가 35세가 되려면 47년이나 걸린다' 는 말 같은 것은 사치에 불과했다. 나는 자신이 여자로서의 전성기에 있는 자체도 부담스러웠다. 하루라도 빨리 혼란에서 벗어나 우아하게 나의 시간을 갖고 싶을 따름이었다.

여자에게 있어 나이 듦은 어떤 의미를 갖는 것일까? 20대에는 나보다 한 살만 더 많아도 365일만큼 더 산 것 같아 대단해 보였다. 신혼 때 친척형님네로 저녁초대를 받아갔을 때 주인부부의 '결혼 10주년' 파티라고 하여 내심 놀랐다. 결혼한 지 10년째라는 말이 생소했던 것이다. 나에게는 평생 결혼 10주년 같은 것은 오지 않을 줄 알았다. 모르긴 해도 그건 파파노인들한테나 해당될 것 같은 생각이 들었다. 선물을 주고받는 부부가 구석기 사람들처럼 까마득하게 느껴졌다. 젊음의 오만이었을까.

40대가 되니까 철이 좀 들었는지 오래된 부부들의 아름다움이 눈에 들어왔다. 언제였던가, 성당결혼식장에서 신부님이 신혼부부에게 들려준 덕담 중에 비익조比翼鳥의 이야기가 있었다. 비익조는 암수의 눈과 날개가 각각 하나씩이라서 짝을 짓지 않으면 날지 못한다는 전설상의 새이다. 서로에게 눈과 날개가 되는 일이 결혼이라는 말은 신선한 충격이었다.

50대에 이르니까 나이는 그냥 먹는 것이 아니라는 자각이 왔다. 인생은 시험지와도 같아서 공부한 만큼 쓸 수 있다는 생각이 든 것이다. 그러니까 나는 20대에는 인생에 시험이란 것이 있는 줄도 몰랐고, 30대에는 알긴 알았지만 문제가 너무 어려워 종 치기만을 기다린 셈이 되었다. 무서운 자각이었다. 40이 될 때까지 시험범위도 모르고 공부한 것도 없이 문제지만 들고 앉아있는 꼴이었다.

여자의 중년은 무엇일까. 딸이고 며느리며, 아내이고 엄마이며, 부하이고 상사이다. 부분인가 하면 전체이고, 주변인가 하면 중심이며, 과거인가 하면 미래이기도 하다. 그 중에서도 특히 엄마이다. 나의 경우 초등생부터 대학생까지 아이가 넷이나 되었다.

부성에 비해 모성이 원초적인 것은 숙명적 현상이다. 벙글벙글 웃는 자식은 아빠 몫이고 똥 싸고 오줌 싸는 자식은 엄마 몫이다. 잘 생기고 공부 잘하는 자식은 아빠의 자랑이고, 못 생기고 공부도 못하는 자식은 엄마의 허물이다. 엄마는 자식을 위해서는 특별한 더듬이를 사용하는 족속이 아니던가. 엄마는 보지 않고도 자식의 편치 못함을 알아차리고, 만지지 않고도 자식의 상처를 감지한다. 엄마이기 때문이다. 이 얼마나 치열한 초능력인가.

50대를 넘기고 퇴직을 하니 이제 눈앞에 새로운 마당이 보인다. 자식들이 다투어 남들보다 일찍 집을 떠나준 덕에 온전한 나

의 마당이 펼쳐져 있는 것이다. 퇴직과 더불어 나는 아주 홀가분
해졌다. 삶이 깃털처럼 가벼워졌다. 출근할 필요 없으니 잠 떨치
고 일어날 일 없고 사지 멀쩡하니 어디든 돌아다닐 수 있다. 의·
식·주 해결되니 이 보다 더 좋을 수 없거니와 물려줄 재산 없으
니 자식들 간에 분쟁거리가 없다. 바라던 대로 이제는 돈과 시간
과 잠에서 놓여나는 듯싶기도 하다. 이 얼마나 기다려왔던 자유
인가. 나이 듦이 과히 나쁘지 않다.

젊은 시절 꽃만 보이고 잎은 보이지 않던 것이 나이 듦에 조금
씩 보이는 것도 수확이다. 나의 못남이 내 삶의 본질인 걸 알아
차리게 된 것도 나이 듦의 덕이고 위안이다. 시간은 이제 나의
편이 아닐지도 모른다. 지구의 축이 이동하고 있는 것인가. 아니
다. 시간은 여전히 정직하며, 지구 역시 공정하게 제 자리를 돌
고 있다. 우리가 그 위를 지나가고 있는 것이다.

그래, 인생은 사는 것이 아니라 '지나가는 것' 일 지도 모른다.
오늘, 이 시간, 여기의 나는 영원히 올 수 없는 것이다. 이 얼마나
엄격하고 믿음직한 현실인가. 현재는 현재인 순간 이미 과거가
되어 있다. 현재는 화살처럼 지나갈 뿐인 것이다. 그렇게 엘비
스 프레슬리도 일찌감치 노래하지 않던가.
It's now or never!

편지

편지 쓴 지가 꽤 오래 되었다. 할 말이 있으면 메일을 보내거나 스마트폰으로 문자를 띄운다. 그 편이 값도 싸거니와 속도도 빠르다. 거리도 공간도 문제가 되지 않는다. 모든 것이 편리하게 실시간으로 해결된다. 글씨체가 나빠도 염려할 필요 없다. 컴퓨터 활자가 감쪽같이 대체해 주기 때문이다. 그런데 가끔 손으로 쓴 편지가 그리운 것은 어찌된 영문일까. 느리고 불편하고 신경 쓰이는 편지를 문득 쓰고 싶고 받고 싶은 이 심사는 도대체 무엇일까.

초등학교 다닐 때는 얼굴도 모르는 국군 아저씨에게 위문편지를 썼다. 연필에 침을 묻혀가며 편지지를 메우던 중 어느 책에서 본 멋진 문구가 떠올라 말미에 살짝 인용을 했다. '명복을 빕니다' 라는 말이었다. 하필이면 나의 편지를 읽어 보신 선생님의 지적으로 반 전체가 웃음바다가 되었다. 이십대 초반의 멀쩡한 군인아저씨에게 '명복을 빈다' 고 했으니!

고등학생 때는 짝꿍아이가 속눈썹이 길고 얼굴이 예쁜 친구였다. 당시 인기 있었던 청소년 잡지의 펜팔에 열을 올리는가 싶더니 나에게 빵을 사 준다 선물을 준다하며 조르기 시작했다. 어쩔 수 없이 딱 한 번으로 약속을 하고 편지를 대신 써 주게 되었는데 그게 생각처럼 간단한 문제가 아니었다. 대필 편지가 열심히 오가던 중 친구와 그 사람은 사랑에 빠져 결혼에 이르게 되었으니.

결혼해서 아이들을 키울 때는 거실 한 쪽에 조그마한 화이트보드 하나를 걸어 놓았다. 직장생활을 하는 나까지 포함해 온 가족이 편지를 쓰는 칠판이었다.

엄마 오늘 늦을 거야. 저녁 챙겨 먹어 / 엄마, 오늘 모의고사는 괜찮았어요. 주말에 결과 나와요. 등이다.

어느 날 중학생 아들이 사고를 쳐서 심하게 혼을 낸 일이 있었다. 밤중에 일어나 물을 먹으러 부엌으로 가던 중 거실에 있는 칠판이 눈에 들어왔다. 아들이 남긴 짧은 편지가 보였다.

"I'm very sorry, mom!" (죄송해요, 엄마)

나는 얼른 그 밑에 답장을 썼다.

"Don' t worry my son. You are my pride!"

(괜찮아, 아들. 너는 나의 자랑이야.)

밤새도록 아이를 붙잡고 실랑이를 한들 내 마음이 이렇게 눈 녹듯 풀어질까. 편지만큼 호흡과 체온이 느껴지는 소통수단이 또 있을까.

오늘 아침 신문은 70대 할머니의 편지 한 통을 소개했다. 늦은 나이에 겨우 한글을 익혀 난생 처음 써 보는 편지라 한다. 나는 편지를 읽고 가슴이 먹먹해졌다. 이보다 더 아름다운 사연이 있을까. 지오그래픽에도 실렸다는 500년 전의 〈원이 엄마의 편지〉 못지않게 70대 시골할머니의 수줍은 편지도 한결같이 부부의 애틋한 사랑을 보여주고 있지 않는가.

하늘나라에 있는 당신에게
55년 전의 당신을 오늘 불어봅니다.
내 가슴이 메어지것같소.
떠나면서 곧 돌라 오겠다던 당신은 오늘까지 그름자도 보이지 안아 우리 가족은 엇떻게 살아 앗것소.
늙으신 부모와 4게월된 아들을 나한테 맛겨두고 떠난 후 부모님은 저 세상으로 떠났으고 낭겨두고 간 아들은 잘 살아서 부산에서 은행지접장으로 착실이 살고 있소.

작은 농사 지으면서 아들 고부 시키기가 십지 안아 부산 자갈치 시장에서 장사도 하면서 공부를 시켰소.
여보 당신으 55년 동안 어떻게 지내고 있소.
우리가 만나면 얼굴을 알아 볼수 잇을가요?
훈날 나도 당신 찾아 하늘나라 가면 나를 찾아 주소.
우리 만날때까지 편이 게싶시오.

11월 8일 당신 아내가

이제 나도 젊은 날 먼저 간 남편에게 편지 한 통 써 볼까 한다. 살아온 이야기, 아이들 소식을 먼저 전한 후에 훗날 내가 당신 찾아가면 우리가 서로 얼굴을 알아볼 수 있겠는지 물어봐야겠다.

또한 내가 당신 찾아 하늘나라에 가면 당신이 먼저 아는 척 해 달라고도 부탁해 놓아야 할 것이다. 어느 해 명절 친척들끼리 이런저런 이야기를 나누던 끝에 누군가 유독 당신을 지목하여 다음 세상 가서도 지금의 아내를 선택할 사람이라고 했을 때 굳이 아니라고 완강히 부정했던 혐의가 있지 않던가.

마지막으로 다시 한 번 당신의 명복을 빌어야 할 것이다. 우리가 다시 만나 이승에서 못다 한 인연 저승에서라도 함께 하려면 당신이 건강하게 잘 살고 있어야겠기에. 행여 당신 눈이라도 멀어 나를 못 알아 볼까봐 편지라도 미리 써 두어야할까 보다.

242

불청객

구경 중에는 싸움구경이 최고라고 했던가.

그런데 싸움을 직접 해야 하는 입장이라면 어떨까.

나는 결코 그대를 초대한 적이 없다. 그대 스스로 나의 몸에 들어오지 않았는가. 나의 목 안 갑상선 주변 어딘가에 꼭꼭 숨어있는 것이 검사 결과 발견되었다. 아군인지 적군인지는 파악되지 않았다. 불청객인 것만은 틀림없었다.

한때 나는 몸속에 한 생명을 초대한 적이 있었다. 나의 분신이기도 한 새 생명이다. 나는 열 달 내내 그것을 품으면서 희망에 부풀었다. 그것 역시 온갖 방법으로 자신이 적이 아니라 희망의 존재임을 끊임없이 암시했다. 나는 기꺼이 그를 위해 세상을 여는 문이 되었다. 순정한 나의 의지였다.

그러나 지금은 경우가 다르다. 엑스레이를 통해 처음 그대를 발견했을 때 나는 충격을 받았다. 나의 몸은 평생토록 초대 받은 손님들만 노크할 수 있다는 오만이었을까. 아니면 나의 몸은 온전히 나의 의지대로 운영될 수 있을 거라는 자신감이었을까. 깊은 고민과 갈등 끝에 나는 비로소 다른 사람에게 생길 수 있는 일은 모두 나에게도 해당된다는 자각에 도달했다.

비로소 그대의 존재가 눈에 들어오기 시작했다. 그대는 이미 나의 의사와는 상관없이 내 몸의 모든 것들과 동거를 시작했던 것이다. 밥과 커피와 비타민을 공유했고, 잠과 운동과 노래를 같이 했다. 슬픔과 기쁨 혹은 분노는 어땠을까. 모르긴 하지만 그역시 함께 나누었으리라.

때로 궁금한 것이 없었던 것은 아니다. 그대는 왜 자신의 존재를 일찍부터 알리지 않았던가? 어찌하여 엑스레이를 들이댈 때까지 그토록 철저하게 몸을 숨기고 있었던가? 그렇다, 나의 초대를 받지 않았기 때문이다. 혹여 내가 그대를 거부하여 쫓아낼까봐 우려했을 수도 있을 것이다.

의사의 해석이 재미있다. 불청객일수록 인심에 민감하다는 것이다. 들킬 때까지는 최대한 몸을 숨긴 채 근신하다가 들키는 순간부터 설치기 시작한다고도 했다. 본색을 드러낸다는 뜻이리라.

그렇다면 최소한 그대는 나의 친구가 아님이 증명된 셈이다. 그대는 나의 적임이 분명해진 것이다. 핵을 보유했는지는 알 도리가 없으나 나를 해치기 위해 총이나 칼을 지녔을 수는 있을 것이다. 태생적인 싸움꾼이니 프로답게 나의 대응력을 저울질하고 있었는지도 모르는 일이다.

아니다, 어쩌면 그대는 밖으로부터 들어온 것이 아니라 나의 내부에서 파생되었을 수도 있겠다. 반란군일 수도 있다는 뜻이다. 인간의 몸은 우주와 같아서 그 속에 내가 있고 나 아닌 것도 있다. 헤아릴 수 없이 많은 세포들이 내 몸에 상주하면서 저마다의 이해관계에 따라 변형에 변형을 거듭하니 나를 반대하는 수많은 적들이 호시탐탐 세력을 규합하여 구데타를 도모하고 있는 것이다. 그대가 한가롭게 산책이라도 하다가 잠시 나의 몸을 방문했을 수도 있다는 생각은 나의 방심과 어리석음이 빚은 착각이리라.

어쩌면 나 스스로 그대의 반란을 부추겼을 수도 있었을 것이다. 성공과 풍요에 대한 과도한 욕심이 한때는 충복이었을 그대를 끝없이 학대하고 절망하게 했을는지도 모른다. 그대의 고통과 아우성을 외면한 채 나 편한 대로 살아온 것이 그대의 배신을 유도했을 수도 있지 않았을까. 나의 무절제한 생활, 욕망, 게으름이 그대를 벼랑으로 내몰았는지도 모를 일이다.

이제 나는 그대의 존재를 받아들이려 한다. 또한 그대의 끈질긴 회유와 유혹에도 불구하고 온전히 살아 남아준 다른 많은 세포들에게 경의를 표한다. 그것들 하나하나는 날마다 죽고 힘겹게 태어나기를 반복했을 것이 아닌가. 이는 당연히 나의 몸이 어제의 그것과는 다르다는 것을 의미한다. 나 역시 날마다 죽고 다시 태어나고 있는 것이다.

그대와의 관계는 어떻게 정립할까. 동지처럼 손잡고 가면 되지 않을까. 한때는 우군이었으나 이제는 등을 돌린 그대여. 한 줌 옛 정과 우정이 남아 있다면 원탁에 앉아 신사협정이라도 맺는 게 어떨까. 어차피 삶이란 게 한바탕 전쟁이라면 내가 살아야 그대 또한 살 수 있지 않겠는가.

어물전 천사

그는 땅값 비싸기로 소문난 시장 요지에서 어물전을 하고 있었다. 조상 대대로 이어온 터줏대감이라 인근에서는 모르는 사람이 없었다. 성姓 또한 김이나 박이 아닌 공 씨였으니.

공 씨네 가게는 태풍이 닥쳐와도 생선의 구색과 신선도를 보장했다. 게다가 내가 아는 한 그의 포 뜨는 솜씨는 당할 자가 없었다. 그것은 요술에 가까웠다. 종잇장처럼 얇으면서도 끊어지지 않고 탄력이 있었다. 그가 떠 준 생선포로 전을 부치면 명절음식에 초짜인 새색시라도 결이 살아있는 전이 나왔다. 그의 가게는 특이했고 고급이었다.

이런 공 씨에게 문제가 하나 있었다. 그가 진짜 하고 싶은 일은 생선이 아니라 책을 만지는 일이라는 것이었다. 할아버지의 일을 아버지가 물려받았듯이 자신도 아버지의 일을 물려받을 때만 해도 별 갈등은 없었다고 했다. 손님도 많았고 돈도 벌었다. 그런데 언제부터인가 책이라는 요물이 그의 가슴속으로 들어왔다. 요물은 날이 갈수록 세력을 확장하여 그를 지배했다. 결국 그는 어물전을 접고 집 근처에 서점을 하나 차렸다.

당연히 주변 사람들의 반대가 심했다. 단골인 나 역시 펄쩍 뛰었다. 그 선택이 얼마나 무모한 짓인가를 열심히 설명했지만 요지부동이었다. 어물전을 그대로 운영하면서 서점에는 사람을 쓰면 안 되겠느냐고 해도 싫다고 했다. 자기가 직접 책을 만지고 나르고 진열해야만 한다는 것이었다. 그러면 서점을 그가 운영하고 어물전에 사람을 쓰면 어떻겠냐고 했더니 그것도 안 된다고 했다. 고객이 자기를 보고 오는데 다른 사람에게 맡기면 고객을 기만하는 것이라고 했다. 그는 마치 돌풍에 휘말린 사람 같았다. 50대 후반에 여자도 노름도 아닌 책에 빠져 버리다니!

이태를 넘기지 못하고 그의 서점은 문을 닫았다. 엄청난 대가를 치른 후였다. 폐업의 주원인은 그의 고집이었다. 팔리는 책과 팔고 싶은 책의 조화가 이루어지지 않았던 것이었다. 그는 이문에 관계없이 자기가 팔고 싶은 책을 주로 취급하여 고객들의 비

웃음을 샀다. 서점이 문을 닫았을 때 가장 문제가 되었던 것도 재고로 남은 책들이었다. 새 주인은 재고 인수를 거부했다. 팔리지 않는 책들은 결국 고물상에서 파지로 처리되었다.

그는 다시 어물전으로 복귀했다. 저번 가게와는 비교도 안 되는 열악한 환경이었다. 1평이 채 못 되는 크기에다 시장 안에서 가장 목이 나쁜 북쪽 귀퉁이었다. 그의 가게는 이제 더 이상 구색과 신선도를 자랑하지 못했다. 손님이 민어나 해파리, 새우 같은 귀한 해물을 찾으면 다른 가게로 달려가 구해다 주어야 하는 형편이었다.

그나마 다행인 것은 단골손님이었다. 소문을 들은 사람들이 하나둘씩 다시 가게를 찾기 시작했는데 아무도 그의 일탈을 비난하는 사람이 없었다. 그들은 공 씨가 심혈을 기울여 구입한 책들이 고물상으로 넘어간 이야기에 한숨 쉬며 귀를 기울였다. 좁고 비린내 나는 가게 한쪽에 서서 팔뚝만한 방어가 눈 깜짝할 사이에 얄팟얄팟한 전으로 되살아나는 모습도 지켜보았다. 더러는 보온병에 생강차를 달여 와서 권하는 사람도 있었다. 잠시 쉴 때 무릎이라도 덮으라고 미니 담요를 갖다 주는 사람도 있었다.

공 씨 아내도 모습을 나타냈다. 이태 전까지만 해도 가게에 아무리 손이 부족해도 공 씨는 아내에게 생선을 만지게 하지 않았다. 명절처럼 손님이 많아 눈코 뜰 새 없이 바쁠 때면 사람을 썼다. 전 뜨는 일은 밤을 새워 혼자서 감당했다. 그러나 지금은 사정이 달라졌다. 공 씨가 장애인 시설에서 봉사활동을 시작해 자주 자리를 비우게 되었기 때문이다.

"이 판국에 봉사는 무슨 ~"

사람들이 마뜩잖은 얼굴을 하면 공 씨의 부인은

"힘들지 않을 때는 어려운 사람의 고충이 보이지 않더라고요. 우리가 실패하고 힘든 상황이 되어 보니까 비로소 그 사람들이 눈에 들어오기 시작한 거죠."

라며 남편을 옹호했다.

어물전은 간간이 단골에게 커피를 내어 오기도 했다. 선 채로 커피를 마시는 사람들에게 공 씨는 서점 운영이 잘못된 선택은 아니었다고 역설했다. 책을 접한 것이 남을 돌아보는 계기가 되었다는 것이었다. 실제로 그는 손바닥만 한 어물전에서 나오는 수입의 절반을 흔쾌히 장애인 시설에 보내고 있었다. 돈 잘 벌고 주위에 사람들이 득실거렸을 때는 상상도 못했던 일이었다.

단골손님들과 함께 커피를 마신 공 씨가 명태포를 뜨기 시작했다. 봉사활동 때문에 자리를 비울 경우에 대비해서 너덧 마리씩 미리 떠서 포장해 두는 것이었다. 그의 손이 날렵하게 움직이는 동안 공 씨 아내는 생선 대가리와 내장을 챙겼다. 무우 듬성

듬성 썰어 넣고 얼큰하게 한 냄비 끓여서 봉사시설에 보낸다고 했다. 공 씨 부부의 편안하고 환한 얼굴은 마치 천사가 멀리 있지 않음을 증명이라도 하는 것 같았다.

쾌락의 이해

연휴를 맞아 제주도의 아들 집에서 딸네 식구들과 만나기로 했을 때 가장 신경이 쓰였던 것은 아들이 기르고 있는 개 달봉이었다. 딸네 집에는 개가 없었다. 세 살짜리 손자 로하 때문이었다. 주변에는 개 알레르기로 몸에 뾰루지가 생긴 아기도 있고, 개털로 인해 기관지염을 앓는 환자도 있었다. 심지어는 아기가 태어나면 기르던 개도 다른 집에 주는 경우도 많았다. 궁리 끝에 아들이 로하네를 위해 호텔을 예약하기에 이르렀다. 멀쩡한 아파트를 두고, 단지 개 때문에.

어른들의 배려가 부질없다는 것을 깨닫는 데는 오랜 시간이 걸리지 않았다. 호텔 가기 전 아파트에 잠깐 들른 사이 로하는 달봉이한테 반하고 말았다. 흥분에 겨워 탁구공처럼 튀어 오르며 달봉이에게 열광했다. 둘은 죽고 못 사는 연인들처럼 반기며 어울려 놀기 시작했다. 로하가 달아나면 달봉이가 뒤를 쫓고, 반대가 되면 로하가 뒤쫓았다.

달봉이 역시 제 정신이 아니었다. 어른들만 보다가 제 덩치만 한 아이를 보니 꿈인가 생시인가 싶은 모양이었다. 제 흥에 겨워 키 대로 튕겨 오르다가, 로하한테 엉겨 붙다가, 거실 한 복판에 벌렁 나자빠지며 기쁜 듯이 두 다리를 흔들어 보이기도 했다. 감동인 것은 로하가 달봉이한테 다가갔을 때였다. 로하는 달봉이에게 은밀히 무언가를 내밀었다. 서울에서부터 가져온 장난감 자동차였다. 로하가 잠시도 손에서 놓지 않는, 가장 아끼는 물건이었다.

이튿날도, 그 다음 날도 로하의 관심은 달봉이 뿐이었다. 에코랜드도 근사했고 바다도 좋았지만 로하가 이해하기에는 역부족이었다. 이제 겨우 단어 몇 마디만 하는 로하는 달봉이만 보면 잠시도 입을 닫지 않았다. 인디언의 말인지 짐승의 소리인지도 모르게 끊임없이 무언가를 말하면서 달봉이에게 애정을 표시했다. 인간이 어떻게 그렇게 온전히 무언가에 몰입할 수 있는지 이해가 되지 않는 장면이었다. 나에게도 그런 쾌락의 순간이 있었던가?

있었다. 골동품이었다. 나는 왠지 오래된 물건들이 좋았다. 삶이 구차하고 아득하게 느껴질 때 나는 골동품에 마음을 붙였다. 칼자국이 남아있는 대갓집 떡판이나 손때가 켜켜이 앉은 연적硯滴을 보면 대책 없이 가슴이 설레었다. 질감, 온도, 닳고 낡은 역사의 흔적들에 나는 매료되었다. 유유상종이라고, 같은 취미를 가진 친구도 한 명 있었다.

어느 날 친구에게서 전화가 왔다. 거창 어느 골동품 가게에서 마음에 쏙 드는 뒤주를 하나 봐 두었다는 것이었다. 우리는 즉시 출발했다. 물건은 험한 편이었으나 강화 뒤주임에 틀림없었다. 우리는 첫 눈에 마음을 빼앗겼다. 차에 싣고는 곧장 지리산으로 내달렸다. 흥분되어 도저히 그대로는 집으로 향할 수 없었던 것이다.

겨울이라 날씨는 춥고 해가 빨리 기울었다. 우리는 배고픈 줄도, 무서운 줄도 모르고 달렸다. 강화도령이 화제에 올랐다가 사도세자로 바뀌었다. 영조가 나왔다가 혜경궁 홍씨로 옮겨가기도 했다. 순서도 없이 뒤주와 관련된 인물들이 들락거렸다. 노고단 입구에 이르렀을 때였다. 뒤에서 경찰차가 우리를 따라 왔다. 차를 세운 경찰은 후줄근한 아줌마들에게 실망한 눈치였다. 달달한 불륜 커플이라도 기대했던 것일까.

"속도위반입니다. 날도 어두운데 어디를 급히 가시는 길인지요?"

연휴 마지막 날 저녁에는 아들이 회를 샀다. 거북선 모양의 그
럴듯한 나무그릇에 바다에서 건져 올린 각종 싱싱한 회가 차려
져 나왔다. 사위의 입이 귀밑까지 찢어졌다. 답답한 일상에서 벗
어나 가족을 데리고 제주도까지 날아온 것에 만족한 눈치였다.
나 또한 아들, 딸에 좋은 음식까지 눈앞에 두고 보니 세상에 부
러울 것이 없었다. 문제는 로하였다. 아이는 대추씨만한 손가락
으로 연신 밖을 가리키며 '멍멍'을 외쳤다. 달봉이한테 가자고
떼를 쓰고 있는 것이었다.

"안 돼. 오늘은 안 돼. 아빠 술 한잔할 거야."

로하가 울음을 터뜨렸다. 다른 테이블의 손님들이 우리를 힐
끗힐끗 돌아보았다. 민폐였다. 우리는 건배도 없이 술과 회를 아
무렇게나 먹어치우고 아파트로 돌아왔다.

문득 그 추운 겨울, 노고단 입구에서 친구와 나를 뒤따라왔던
경찰관이 생각났다. 유리문을 내렸을 때 후줄근한 두 아줌마에
게 실망한 낯빛이라니! 그때 만일 우리가 강화뒤주에 흥분해서
지리산으로 내달렸다고 실토했다면 이해했을까. 아니면 혹 기대
했던 대로 어느 불륜 커플이 사랑에 취해 도피행각 중이었다면
마음에 들었을까.